Victoria Whitehead

Die Kaminhexe

Der Spuk geht weiter

Schneider-Buch

Inhalt

Geräusche im Kamin?

Ellen war fassungslos. „Richard hat meinen Geburtstag vergessen!“ rief sie wutentbrannt, als sie mit ihrer Mutter in der Tür stand und Richard und ihrem Vater zum Abschied zuwinkte.

Sie ärgerte sich deshalb so, weil sie ihren älteren Bruder erst am nächsten Wochenende wiedersehen würde, da er bei der Großmutter wohnte. Und ihr Geburtstag war am Dienstag.

„Richard hat ihn bestimmt nicht vergessen“, versuchte ihre Mutter sie zu trösten. „Ich habe auch schon das Geschenk gesehen, das er für dich besorgt hat. Am Dienstag findet doch die Leichtathletik-Meisterschaft statt, und da ihr sicher beide daran teilnehmt, werdet ihr euch selbstverständlich sehen.“

Ellen hoffte sehr, beim Wettlauf mitmachen zu dürfen.

Abends lag sie noch lange in ihrem Bett wach. Sie war unruhig, denn am nächsten Tag sollte die Vorentscheidung für das Wettrennen stattfinden.

Aber das war nicht allein der Grund für ihre

Unruhe. Ellen führte nämlich seit einiger Zeit ein Doppelleben. Am Tag war sie ein ganz normales Schulmädchen, aber nachts, wenn alle schliefen, verließ sie die wirkliche Welt und begab sich auf abenteuerliche Weise in das Reich der Hexen und Gespenster.

Nur sie und ihr kleiner Bruder Toby wußten, daß in dem zugemauerten Kamin in Ellens Zimmer eine Hexe mit ihrem Sohn hauste. Es war die

Kauzige Hannah, die früher auf dem Land gelebt hatte. Das kleine Zimmer im Kamin hatte ihr auf Anhieb gefallen, und so war sie hier eines Tages mit Kind und Kegel, genauer gesagt: mit ihrem pechschwarzen Kater, sechs weißen Mäusen und diesem Quälgeist von Sohn Rufus eingezogen.

Quälgeist deshalb, weil Rufus einfach nicht zum Hexenunterricht gehen wollte. Jeden Abend, wenn es Zeit war, aufzustehen, wälzte er sich laut gähnend im Bett herum und weigerte sich, seine Hafergrütze zu essen. Aber das schlimmste war, daß er ständig herumzaubern wollte, ohne die Grundregeln der Zauberei zu beherrschen.

Kein Wunder also, wenn sich die spindeldürre Hexenmutter jede Nacht die roten Haare raufte und behauptete, Rufus brächte sie noch ins Grab.

Gerade als Ellen an *Hallowe'en*, das Fest der Hexen und Gespenster, dachte, auf dem sie und ihr kleiner Bruder als einzige Menschen dabeisein durften, kam Toby zur Tür herein. Und bevor Ellen noch etwas sagen konnte, war er auch schon zu ihr ins Bett geschlüpft.

„Ach, Toby, bitte geh in dein Bett", sagte Ellen gereizt. „Ich muß jetzt schlafen, damit ich morgen für den Wettlauf fit bin."

Als Toby aber nicht gehorchen wollte, stieß

Ellen ihn einfach aus dem Bett. Der Junge fiel etwas unsanft auf einen Rollschuh und begann fürchterlich zu plärren. Doch als er sich wieder beruhigt hatte, drohte er Ellen mit der Fahrradpumpe, die in einer Ecke lag. Dann stellte er sich vor den Kamin und legte ein Ohr an die Wand. „Ich höre sie", flüsterte er. „Da scheint sich was Aufregendes zu tun!"

„Das hat mir gerade noch gefehlt!" stöhnte Ellen. „Heute nacht will ich wirklich mal Ruhe haben. Toby, wenn du nicht sofort verschwindest, rufe ich Mama."

Doch der Junge ließ sich nicht einschüchtern und kramte seelenruhig das Federmäppchen aus Ellens Schulranzen hervor.

„Maaamaaa!" rief Ellen. „Toby gibt schon wieder keine Ruhe. Komm bitte mal!"

„Marsch ins Bett!" ertönte die Stimme der Mutter gleich darauf. Und Toby erschrak so sehr, daß ihm die beiden Radiergummis, die er aus dem Federmäppchen herausgenommen hatte, aus der Hand fielen und unter den Schrank rollten.

Die Mutter packte den Jungen am Kragen seines Schlafanzuges und zog ihn hoch.

Toby konnte gerade noch anstelle der Radiergummis ein paar Murmeln in das Federmäppchen legen, bevor die Mutter ihn zur Tür hinausschob.

Ellen zog sich die Daunendecke über die Ohren, so daß nur noch die Augen herausschauten. Sie warf einen letzten Blick auf den Kamin und lauschte angestrengt. Doch sie konnte keines der üblichen Geräusche hören. Weder lautes Schlurfen oder Niesen noch Geschrei oder Gekicher.

Erleichtert schloß sie die Augen und schlief gleich darauf ein.

Die Party

Doch kaum war Ellen eingeschlafen, da wurde sie auch schon von einem Heidenlärm aus dem Kamin geweckt.

Popmusik, laute Stimmen, dumpfe Schläge und ein Getrippel und Getrampel drangen an ihr Ohr. Zögernd öffnete sie die Augen und sah in dem schmalen Streifen des Mondlichtes, der quer durch das Zimmer lief und den Kamin erhellte, daß die Gegenstände auf dem Kaminsims leicht zitterten.

Über dem Kamin hing ein gerahmtes Poster mit spielenden Welpen, das ebenfalls durch den Lärm vibrierte.

Die Kaminhexe! schoß es Ellen durch den Kopf. Toby hatte recht gehabt. Heute nacht ging es wirklich sehr laut her. Sie sprang aus dem Bett und stellte sich vor den Kamin. „Ruhe!“ schrie sie. „Ich kann nicht schlafen!“ Dann trommelte sie mit beiden Fäusten gegen die Kaminwand.

Doch sie bekam keine Antwort.

Normalerweise konnte Ellen hören, wie die

Kauzige Hannah mit Rufus stritt oder der Hexenjunge irgendwelchen Krach machte, aber so etwas wie heute war noch nie dagewesen! Das hörte sich ganz so an, als fände im Kaminzimmer eine Party statt, vielleicht eine Geburtstagsparty.

„Rufus!" rief Ellen. „Was soll der Krach?"

Doch Ellen bekam noch immer keine Antwort.

Verzweifelt sah sie sich im Zimmer um. Als sie den Wecker auf ihrem Nachtkästchen sah, kam ihr eine Idee. Sie zog ihn auf, und als er gleich darauf schellte, hämmerte sie mit dem Rollschuh gegen die Kaminwand und klopfte dann auch noch mit der Fahrradpumpe dagegen.

Plötzlich verstummte die Musik, und Ellen hörte Rufus' Stimme: „Ruhe, du störst meine Party!"

„Was heißt hier, *ich* störe deine Party?" rief Ellen zurück. „*Du* hinderst mich am Schlafen!"

„Rechthaberische Ziege", sagte Rufus. „Aber wenn du schon wach bist, dann komm doch zu uns rüber. Hast du Lust dazu?"

Ellen war wirklich nicht nach einer Party zumute. Außerdem mußte sie für den Wettlauf am nächsten Morgen ausgeschlafen sein. „Ich glaube nicht", kam es dennoch etwas zögernd über ihre Lippen.

„Ach, sei doch keine Spielverderberin!“ rief Rufus. „Komm schon, die Kobolde warten.“

„Die Kobolde“, dachte Ellen. Kein Wunder, daß die Wände wackelten. Kobolde machten mit Begeisterung Dinge kaputt, um sie dann wieder zu flikken. Wo Kobolde waren, war immer etwas los.

Ellen überlegte eine Sekunde lang, ob sie Toby wecken und auf die Party mitnehmen sollte, denn er verstand sich prächtig mit den Kobolden, mit denen er viel gemeinsam hatte.

„Gut, ich komme!“ rief Ellen Rufus zu. „Aber nur für ein paar Minuten.“

Sie war schon einige Male in der Hexenwohnung gewesen. Mit Hilfe eines Zauberspruches und etwas Zauberpulver war es ganz einfach, von ihrem Zimmer über den Schornstein in den Kamin zu gelangen.

Sie wußte, daß Rufus jetzt in den Sachen seiner Mutter wühlte, um das richtige Zauberpulver zu finden. Gleich darauf hörte sie wie aus weiter Ferne seine Stimme:

„Wir wünschen das Beste
zum Wiegenfeste.
Hurra! Hurra!
Gleich ist Ellen da!“

Ein schwindelerregendes Gefühl überkam Ellen. Ihr Zimmer schien sich zu drehen, die Wände schwankten und lösten sich allmählich auf. Gleichzeitig vernahm sie ein Dröhnen, ein Zischen, ein Rauschen und ein Klirren, wie wenn Besteck in ein verchromtes Spülbecken fällt.

Ellen fühlte, wie sie herumgewirbelt wurde, und dann war es plötzlich stockfinster um sie herum. Auch wenn sie nichts sehen konnte, wußte sie, daß sie den Kaminschacht hinunterglitt und ihre Beine über der Feuerstelle hingen. Sie

schlug wild mit den Füßen um sich, da sie irgendwas beengte. Kein Wunder, denn mindestens dreißig kleine Hände umklammerten ihre Füße und den Saum ihres Nachthemdes, der mit einem grünen Blattmuster verziert war. Die Kobolde zerrten so lange an ihr, bis sie schließlich laut plumpsend auf dem Boden des Kaminzimmers landete. Dieser Raum war recht gemütlich eingerichtet. Dort standen ein Tisch mit Stühlen, ein Schrank und zwei Betten. Auf einem lag eine Patchwork-Decke und auf dem anderen eine mit einem Sternenmuster. Natürlich fehlte auch nicht der Hexenkessel. Für gewöhnlich blubberte immer etwas darin, aber heute nacht war nichts aufgesetzt worden, denn die Kaminhexe war außer Haus.

Dafür aber waren zwanzig Kobolde gekommen, die fortwährend kicherten und von einem Bein auf das andere hüpften.

„Habt ihr es vernommen?
Ellen ist gekommen!
Hokuspokus, simsalabim,
heiße Schokolade nimm!“

schnatterten die Kobolde fröhlich durcheinander. Sie hatten dicke Bäuche und spindeldürre, zappelige Beine.

Bobkobold, ihr Anführer, drückte Ellen einen Becher heiße Schokolade in die Hand. Ellen führte ihn schlaftrunken an die Lippen.

„Nein, nicht trinken!“ schnarrten die Kobolde und kicherten. „Heiße Schokolade trinkt man nicht, die wirft man gegen die Wand.“

„Ich habe es dir doch gesagt, Ellen, daß Kobolde für ihr Leben gern Sachen kaputtmachen, um sie dann wieder zu flicken“, erinnerte Rufus sie und grinste über das ganze Gesicht.

„Stimmt, das habe ich ganz vergessen“, erwiderte Ellen und schleuderte den Becher quer durchs Zimmer, daß die Schokolade nur so nach allen Seiten spritzte und der Becher in tausend Scherben am Hexenkessel zerschellte.

Rufus krümmte sich vor Lachen. „Eine super Party ist das!“ rief er begeistert und jonglierte mit ein paar Säckchen Kartoffelchips. Er war genauso dürr wie seine Mutter, und seine semmelblonden Haare standen in die Höhe wie die Borsten einer Zahnbürste. Er hatte goldgrün gestreifte Socken an und trug darüber ein Paar schwarze Stiefel. Zur Feier des Tages hatte er sich eine rot-blau getupfte Fliege um den Hals gebunden, wie sie auch Clowns gerne tragen.

2 9942-8

„Für wen ist die Geburtstagsparty?" wollte Ellen wissen.

„Für niemand", sagte Rufus. „Es ist eine Sommernachts-Party."

„Ach so. Übrigens, ich habe am Dienstag Geburtstag", meinte Ellen für den Fall, daß es jemanden interessieren sollte. Aber das kümmerte keinen. Trotzdem wollte man nicht unhöflich sein, und so sangen die Kobolde zweimal „Happy Birthday, liebe Ellen!", und dann ging das fröhliche Treiben weiter.

Rufus legte eine neue Kassette in den Recorder ein und hüpfte von einem Bein auf das andere, während er eine Dose Cola austrank.

Die Kobolde riefen: „Juchhe!" und „Olé!" und warfen mit Gegenständen um sich. Sie schleuderten sie in die Luft, auf den Fußboden und in jede Ecke des Zimmers, das die Kaminhexe säuberlich gefegt hatte. Puddings, Corn-flakes-Schachteln und Ketchup flogen nur so durch die Luft, landeten auf den Kerzenleuchtern und klatschten gegen die Wände, wo sie klebrige Flecken hinterließen.

Ellen setzte sich auf einen dreibeinigen Schemel und knabberte an einer Salzstange, obwohl sie nicht hungrig war. Sie wollte keine Spielverderberin sein, aber sie mußte jetzt gehen. „Übrigens, wo ist eigentlich die Kaminhexe?“ fragte sie Rufus und hatte dabei Mühe, die Musik zu übertönen.

Rufus' Gesicht verdüsterte sich blitzartig bei dem Gedanken an seine Mutter, die schon bei der geringsten Unordnung einen Tobsuchtsanfall be-

kam. Was würde sie erst sagen, wenn sie jetzt heimkäme und die Wohnung sähe, die immer tipptopp in Ordnung war!

Aber Rufus hatte ein sonniges Gemüt, und sein Gesicht hellte sich gleich wieder auf – wie eine Taschenlampe, deren Batterie neu aufgeladen wurde –, als ein Pfannkuchen durch das Zimmer flog. Er fing ihn auf und verspeiste ihn sogleich.

„Sie ist im Geisterwald, bei Onkel Wuzo", antwortete er. „Er hatte einen Gichtanfall, und da wollte sie nach ihm sehen. Sie ist aber vor der Mittsommernacht zurück. Wir können also heute nacht die Mäuse tanzen lassen. Habe ich recht, Kobolde?"

„Ja, du hast recht!" riefen die Kobolde wild durcheinander, und zwei von ihnen rutschten ausgelassen auf einem Thunfischsandwich durch das Zimmer und sangen dabei die Nationalhymne.

Rufus wollte die Gelegenheit, daß seine Mutter außer Haus war, unbedingt nützen und holte ihren Reservebesen hervor, den sie neben dem Staubsauger und dem Putzeimer aufbewahrte. „Wer hat Lust auf einen kleinen Besen-Rundflug?" fragte er die fröhliche Runde.

Als die Kobolde seinen Vorschlag vernahmen,

hörten sie sofort auf, mit Gegenständen um sich zu werfen, und begannen im Kreis zu tanzen. Sie sprangen die Möbel rauf und runter und sangen dabei:

„Flugs, hinaus
aus dem Hexenhaus!
Wir wollen auf dem Besen sitzen
und sausen, brausen, flitzen!"

Auch Ellen fand, daß Besenfliegen eine ausgezeichnete Idee war, und hoffte, dabei etwas für den bevorstehenden Wettlauf lernen zu können. Sie sprang von dem Schemel hoch und warf den Rest der Salzstange in den Hexenkessel.

Als die Kobolde sich einmal nach rechts und dann nach links im Kreis gedreht hatten, machten sie über ihren Vordermann Bocksprünge und bildeten dann eine Schlange vor dem Kaminschacht. Einer nach dem anderen sprang leichtfüßig hinauf, so, als hätten sie Sprungfedern unter den Füßen.

Krach auf dem Dach

Als die Kobolde verschwunden waren, drehte Rufus die Musik ab und staunte mit Ellen über die Unordnung, die die zwanzig Wichte zurückgelassen hatten. Die beiden wollten sofort Ordnung schaffen, aber dann hielten sie es doch nicht für dringend nötig, zumal die Kauzige Hannah erst in zwei Tagen zurück sein wollte. Rufus zwinkerte Ellen zu und packte sie mit einer Hand am Arm, mit der anderen hielt er den Besen seiner Mutter. „Bist du bereit?" fragte er.

„Ja", meinte Ellen.

Rufus schloß die Augen, kräuselte die Stirn und rief laut:

„Was hinauf geht,
geht auch hinab.
Aber vorerst
geht's in die Stadt."

„In die Stadt?" fragte Ellen verwundert.

„Ich meine natürlich, aufs Dach, aber das reimt sich nicht", erklärte Rufus ihr mit breitem Grinsen. „Du darfst das nicht so eng sehen."

Da zischte es plötzlich, als zündete eine Rakete, und Rufus und Ellen schnellten aus dem Schornstein wie geröstetes Brot aus einem Toaster.

Als sie ihren gewohnten Platz auf dem Dach erreicht hatten, blickte Ellen um sich und sah erst jetzt, welch herrliche Nacht es war. Der Mond hing wie ein gelber Lampion auf dem samtblauen Himmel, und die Luft war so klar wie frisches Quellwasser.

„Was tun Hexen eigentlich in der Mittsommernacht?" fragte Ellen verträumt.

„Die meisten verlassen ihre Schornsteine in der Stadt und begeben sich in den Geisterwald", sagte Rufus, und während er sprach, rauschte es leise in der Luft, wie wenn der Wind durch die Bäume streicht.

Ellen fröstelte und wünschte sich, sie hätte über dem Nachthemd ihren Morgenmantel an.

„Aber manchmal müssen ein paar zu Hause bleiben", fuhr Rufus fort. Dabei starrte er auf seine Hosenbeine, die an den Knien mit Flicken versehen waren, und spielte nachdenklich mit dem Besenstiel.

„Warum bist nicht auch du in den Geisterwald geflogen?" fragte ihn Ellen vorsichtig.

„Es gab eine Panne mit dem Zauberspruch", erwiderte er, und Ellen sah ihm an, daß er keine Lust hatte, näher auf ihre Frage einzugehen. „Wo sind die Kobolde?" fragte er, um das Thema zu wechseln, und zwinkerte Ellen dabei grinsend zu. „Du kannst auch beim Dach-Wettrennen mitmachen, wenn du willst", meinte er beiläufig.

„Ich kann doch hier nicht auf dem Dach laufen", sagte Ellen. „Nicht in diesem Aufzug – im Nachthemd und barfuß. Außerdem sind die Dächer doch viel zu glatt und rutschig."

„Hm", brummte Rufus, „da hast du recht. Aber

mit einem Zauberspruch müßte es gehen. Ja, das ist überhaupt die Lösung! Ich bringe dir einen Tempo-Spruch bei. Laß mich mal nachdenken, mir fällt sicher gleich einer ein.“

Das war der beste Vorschlag, den Ellen bisher von ihm gehört hatte. Wenn sie jetzt einen Tempo-Spruch auswendig lernen würde, könnte sie ihn auch bei der Vorentscheidung für den 400-Meter-Lauf anwenden und würde mit Sicherheit siegen. Vielleicht würde sie sogar schneller sein als Tabitha, die beste Läuferin der Schule. Sie erzählte Rufus ihren Plan.

„Ich werde mir einen Zauberspruch ausdenken, mit dem du Tabitha mühelos schlagen kannst“, sagte er.

Doch Ellen hatte sich getäuscht, wenn sie annahm, daß alles so glatt gehen würde. Es war schließlich Mittsommernacht, und auf den Dächern wimmelte es nur so von Kobolden und Gnomen, die sich nicht ausstehen konnten. Aber heute nacht wollten sie die Mäuse tanzen lassen, und alle waren schon ganz unruhig vor Aufregung. Sie streckten sich gegenseitig die Zunge entgegen und traten sich absichtlich auf die Zehen. Und so gerieten sie immer mehr in Wut und bewarfen sich mit allem, was ihnen in die Hände kam. Töpfe, Pfannen, Käse, Orangen und Lakritzestäbchen flogen wild durch die Luft und prallten gegen Schornsteine oder hinterließen Beulen an so mancher Stirn.

Als Ellen und Rufus ein Dach überquerten, wurde Rufus von einem Stück Hartkäse am Kopf getroffen. „Oh, ich hasse Käse!“ rief er und schleuderte den Käse auf den Boden und trampelte darauf herum.

„Paß auf, daß du nicht ausrutschst!“ warnte ihn Ellen, die sich schnell bückte, als eine Sellerieknolle haarscharf an ihrem linken Ohr vorbeiflog.

Rufus lehnte den Besen seiner Mutter gegen einen Schornstein und beobachtete grinsend das ausgelassene Treiben der kleinen Wichte. „Ist das nicht toll?“ sagte er.

Ellen aber fragte sich, wie spät es wohl sei und ob sie nicht lieber zu Bett gehen sollte. „Was ist mit dem Tempo-Spruch?“ fragte sie Rufus.

Doch dieser hörte sie nicht. Er schaute neugierig nach allen Seiten, ob es nicht noch etwas Aufregendes zu entdecken gäbe. „Juchhei!“ rief er dann und schlug ein Rad nach dem anderen, bis er in einer Gruppe von Gnomen landete, die ihn festhielten und vom Dach stoßen wollten. Doch zum Glück blieb er mit dem Hemd an einem Stück Dachrinne, das etwas abstand, hängen und baumelte hin und her wie ein Wäschestück an der Leine.

„Ich glaube, ich muß jetzt nach Hause!“ rief Ellen Rufus zu. Doch dieser versuchte gerade mit Tomatenscheiben in einen Blumenkasten zu zielen und schenkte ihr keine Beachtung.

Ellen sah ein, daß es zwecklos war, auf ein vernünftiges Wort von Rufus zu warten, und so beschloß sie, nach Bobkobold Ausschau zu halten. Er würde sicherlich so nett sein und ihr mit einem Zauberspruch die Rückkehr nach Hause ermöglichen.

Sie bahnte sich einen Weg durch die quirlige Menge und entdeckte Bobkobold, an einen

Schornstein gelehnt. „Bobkobold, könntest du mir bitte mit einem Zauberspruch behilflich sein?“ wandte sie sich an ihn.

Aber Bobkobold war ganz benommen im Kopf, weil ihn eine fliegende Pfanne getroffen hatte, und er starrte Ellen mit schielenden Augen an.

„Aufgepaßt!“ rief ein Gnom, der sich Jimmy nannte. Er hatte Bobkobold gemeint, aber dieser war zu benommen, um zu reagieren. Ellen aber schaute in Jimmys Richtung und übersah dabei ganz das Stück Käse, das auf sie zuflog. (Dabei war es ein besonders großes mit grünen Streifen.) Gleich darauf verspürte sie einen Schlag auf den Mund. „Aua!“ schrie sie erschrocken. Der Käse fiel zu Boden, und Ellen biß plötzlich auf ein Stück Zahn. Jetzt wurde auch sie wütend. „Schau, was du angerichtet hast!“ schrie sie Jimmy an. „Sieh dir das mal an!“

Wenn Ellen wütend war, bekam sie eine ganz schrille Stimme, und jetzt war sie so richtig in Fahrt. Ihre Stimme übertönte alles. Plötzlich wurde es ganz still um sie herum. Alle verstummten von einer Sekunde auf die andere und ließen fallen, was sie gerade in den Händen hielten, oder warfen es in die Luft, wenn sie es vorher nicht noch schnell in den Mund steckten.

„Die Kobolde werden deinen Zahn reparieren!" riefen die Gnome, sobald sie wieder in der Lage waren zu sprechen.

„Kommt nicht in Frage!" sagte Ellen, die befürchtete, daß sie womöglich noch den restlichen Zahn verlieren würde. „Ich gehe lieber nach Hause."

„Da hast du recht", meinte Bobkobold, der durch Ellens schrille Stimme wieder zur Besinnung gekommen war. „Das ist das Vernünftigste, was du jetzt tun kannst."

„Backenzähne, Schneidezähne,
eckig oder rund,
fallen wie die Hobelspäne
aus der Kinder Mund",

sangen die Kobolde.

Bobkobold rieb sich den Kopf und sprang leichtfüßig wie ein Balletänzer herum. Als er wieder am Boden aufkam, ruderte er mit den Armen in der Luft und sang:

„Wütendes Kind,
fliege geschwind
hinunter vom Dach
mit dem gebroch'nen Zach."

„Gebrochener Zach?“ wunderte Ellen sich. Doch sie mußte sich mit dem Reim abfinden, was ihr letztendlich gleichgültig war, denn jetzt wollte sie nur schnellstens nach Hause kommen. Sie hielt sich die Hand vor den Mund und schloß die Augen.

Gleich darauf überkam sie eine seltsame Müdigkeit. Als sie vom Dach glitt, hörte sie, wie die Gnomen und Kobolde wieder zu toben anfingen. Aber dann wurde der Lärm immer schwächer wie das Licht am Ende eines Eisenbahntunnels.

Als sie wieder die Augen öffnete, saß sie zu Hause in der leeren Badewanne. Sie stieg heraus und betrachtete sich im Badezimmerspiegel. Ein Eckzahn war abgebrochen und ihre Lippe geschwollen. Das war nicht gerade eine schöne Erinnerung an die Mittsommernachts-Party, dachte sie und ärgerte sich darüber, daß sie so dumm gewesen war, auf dieses Fest zu gehen. „Nie wieder werde ich mich von Rufus zu etwas überreden lassen!“ schwor sie sich, als sie in ihr Zimmer ging und sich erschöpft ins Bett fallen ließ. Sie zog sich die Daunendecke über die Ohren, und gleich darauf war sie eingeschlafen.

Der Käfer

Als Ellen am nächsten Tag erwachte, tastete sie mit der Zunge nach dem abgebrochenen Zahn und spürte eine rauhe Kante. Sie sprang aus dem Bett und schaute in den Spiegel. An ihrer Oberlippe entdeckte sie eine kleine Platzwunde, und der Zahn hatte eine eigenartige Form bekommen. Ihre Eltern durften ihn auf keinen Fall sehen, denn sie würden sie bestimmt sofort zum Zahnarzt schicken.

Ellen haßte es, zum Zahnarzt zu gehen, auch wenn sie mitunter dadurch nicht zur Schule mußte. Aber dann lohnte sich wenigstens der Zahnarztbesuch. Doch heute wollte sie auf keinen Fall von der Schule fernbleiben, denn es fand ja die Vorentscheidung für den Wettlauf statt. Und wenn sie siegte, durfte sie ihre Schule bei der Leichtathletik-Meisterschaft vertreten.

So hielt sie während des Frühstücks ständig die Hand vor den Mund und schob sie nur dann ein wenig beiseite, wenn sie einen Löffel Corn-flakes in den Mund steckte. Aber beim Reden ließ sie die Hand vor dem Mund.

„Ist heute nicht die Vorentscheidung für die Leichtathletik?“ fragte ihr Vater und blickte sie über den Rand der Zeitung an.

„Uhum“, murmelte Ellen.

„Richard läuft für seine Schule“, sagte Mutter, während sie Tobys weichgekochtes Ei aufschlug. Toby steckte den Löffel so schwungvoll in das Ei, daß der Dotter nach allen Seiten spritzte und Vater und der Kater das meiste davon abbekamen.

„Uhum“, murmelte Ellen wieder.

„Wie heißt doch noch das Mädchen, gegen das du im 400-Meter-Lauf antrittst?“ wollte Vater wissen.

„Mamama Marmite“, antwortete Ellen.

„Wie?“ fragte ihre Mutter.

„Mamama Marmite“, wiederholte Ellen etwas lauter, aber nicht deutlicher.

„Was hast du denn, Ellen?“ wollte Vater wissen. „Nimm gefälligst die Hand vom Mund, wenn du sprichst.“

Ellen legte die Hand auf den Tisch, preßte aber die Lippen wie ein Bauchredner zusammen, während sie sagte: „Mamama Marmite.“

„Du meinst wohl Tabitha Arkwright“, sagte

ihre Mutter.

„Ja!“ Ellen strahlte über das ganze Gesicht.

Toby krähte vor Vergnügen, als er Ellens abgebrochenen Zahn entdeckte. Vater ließ die Zeitung fallen, und Mutter schüttete versehentlich Tee in das Marmeladeglas.

„Ellen! Was ist passiert?“ rief ihre Mutter.

Ellen konnte ihr auf keinen Fall sagen, daß sie in eine Rauferei zwischen Kobolden und Gnomen geraten war, denn ihre Mutter würde behaupten, sie habe das nur geträumt. Und so erzählte sie, sie sei aus dem Bett gefallen, und zwar mit dem Gesicht auf einen Rollschuh. „Nicht der Rede wert“, sagte sie. „Ich kann auf jeden Fall

3 9942-8

zur Schule gehen."

Aber Vater war da anderer Meinung. „Um wieviel Uhr ist das Wettrennen?" fragte er.

„Um Mam Mm", murmelte Ellen.

„Wann?" fragte ihr Vater.

„Um halb zwölf!" rief Ellen.

„Bis dahin bist du längst in der Schule", meinte ihre Mutter. „Ich rufe sofort den Zahnarzt an."

Ellen bekam gleich um neun einen Termin, da es sich um einen Notfall handelte.

„Du siehst ja aus, als sei dir ein Ringkämpfer in die Quere gekommen", sagte der Zahnarzt, als er den abgebrochenen Zahn sah.

„Nein, es war ein Rollschuh", meinte Ellen kleinlaut.

Der Zahnarzt schliff den Zahn ab. „Leider kann ich das abgebrochene Stück nicht erneuern", stellte er mit Bedauern fest.

Aber als er seine Arbeit beendet hatte, sah der Zahn recht ordentlich aus.

Ellen fuhr mit ihrer Mutter und Toby auf dem schnellsten Weg nach Hause, denn sie mußte noch ihre Schulsachen holen, die sie in der Aufregung vergessen hatte. Sie rannte in ihr Zimmer hinauf, wo der Schulranzen und ihre Turnsachen lagen. Als sie die Tür öffnete, blieb sie wie versteinert stehen, denn auf ihrem Bett lag Rufus, die Arme hinter dem Kopf verschränkt und die Beine, die noch in den Stiefeln steckten, gegen die Wand gelehnt. Er summte ein Lied vor sich hin, das von Gnomen, Kobolden, fliegenden Flaschen, Zähnen und Trompeten handelte.

„Rufus, was tust du hier?“ fragte Ellen verwirrt. „Es ist zehn Uhr morgens. Um diese Zeit solltest du im Bett sein!“

„Und du in der Schule“, erwiderte Rufus.

„Das wäre ich auch, wenn du mich nicht überredet hättest, aufs Dach zu steigen, und mir dieser steinharte Käse nicht einen Zahn abgebrochen hätte.“

„Ja, ich habe davon gehört“, sagte Rufus. „Warum hast du ihn nicht von den Kobolden reparieren lassen?“

„Ich dachte, es sei sicherer, wenn ich zum Zahnarzt gehe“, sagte Ellen.

In diesem Augenblick rief ihre Mutter sie.

„Ich muß jetzt gehen“, meinte Ellen und stopfte ihre Turnschuhe, ein paar Shorts und ein T-Shirt in einen Plastikbeutel. „Heute findet die Vorentscheidung für die Leichtathletik statt“, erklärte sie Rufus. „Ich muß mich beeilen, damit ich nicht zu spät komme.“

Rufus sprang vom Bett und wäre um ein Haar auf den Rollschuh getreten. „Die Vorentscheidung für die Leichtathletik?“ fragte er, und ein Leuchten trat in seine Augen. „Ist das so was wie unser Dach-Wettrennen? Warte, ich möchte auch mitmachen!“

„Nein, das geht nicht“, wehrte Ellen ab. „Das Rennen findet nicht auf dem Dach statt. Es ist ganz was anderes als euer Wettrennen. Du hättest sicher keinen Spaß daran.“ Mit diesen Worten ließ sie Rufus stehen und rannte die Treppe hinunter. Doch Rufus hatte sie gleich eingeholt, denn er rutschte das Geländer hinunter und wartete mit einem breiten Grinsen am Treppenabsatz auf sie. Ellen erinnerte sich, daß sie sich geschworen hatte, sich nie mehr von Rufus zu etwas überreden zu lassen.

„Wolltest du nicht einen Tempo-Spruch von mir haben, mit dem du Tabitha Arkwright besiegen kannst?“ fragte Rufus.

Ellen versuchte ihn abzuwimmeln, denn sie traute ihm nicht. Sie traute Jungen im allgemeinen nicht sehr, aber Rufus am allerwenigsten. Sie überlegte einen Augenblick lang, und dann sagte sie: „Ich darf keine Fremden in die Schule mitnehmen. Das ist nicht erlaubt.“

„Aber ich bin kein Fremder für dich“, meinte Rufus.

„Für die anderen bist du aber fremd“, erklärte Ellen ihm.

„Ich kann mich ja in etwas verwandeln, was ihnen nicht ganz so fremd ist“, schlug Rufus vor. „Zum Beispiel in einen Käfer.“

Ellen musterte Rufus von Kopf bis Fuß. Er war so fröhlich und unbekümmert, daß sie es nicht übers Herz brachte, ihm seine Bitte abzuschlagen. „Nun gut“, sagte sie zögernd. „Aber du mußt mir versprechen, daß du keine Dummheiten machst, sobald wir in der Schule sind.“

Während Ellens Mutter Toby klarmachte, daß er genug Plätzchen gegessen hatte, reimte Rufus in der Diele einen Käfer-Spruch. Wie immer, so hatte er auch jetzt etwas Zauberpulver bei sich, das er in der hinteren Hosentasche aufbewahrte. Diesmal war es ein purpurrotes Allerweltspulver, das sehr gut zu dem Zauberspruch paßte.

Doch Rufus' Gedächtnis war nicht das beste, schon gar nicht, wenn er unter Zeitdruck stand. Und so hatte er Mühe, einen geeigneten Spruch zu finden, obwohl er etliche dieser Art im Hexen-Unterricht gelernt hatte. Er biß sich auf die Unterlippe und runzelte die Stirn, wodurch er sich besser konzentrieren konnte. Dann streute er das purpurrote Zauberpulver über den Teppich auf der Treppe, wo es funkelte und knisterte und schließlich die Form eines Sternes annahm.

„Mache Rufus schnell so klein ...“,

begann er und dachte krampfhaft nach,

„..., daß er Ellens Tier kann sein.
Er soll ...“

„Beeil dich!“ fiel Ellen ihm ins Wort.
„Pst!“ machte Rufus.
„Aber meine Mutter kann jeden Augenblick hier sein“, sagte Ellen.

„Er soll zu einem Käfer schrumpfen“,

fuhr Rufus fort,

„und sich verstecken im Schulrunzen!“

„Schulrunzen!“ stöhnte Ellen.
„Aber Ranzen reimt sich nicht so gut“, meinte Rufus. „Ich bin sicher, der Spruch funktioniert auch so.“ Während er sprach, waren ein dumpfer Schlag und ein Pfeifen zu hören, und gleichzeitig bildeten sich purpurrote Rauchschwaden.
Rufus’ Stimme wurde immer höher, bis sie

nicht mehr zu hören war, und dann erblickte Ellen anstelle von Rufus einen großen schwarzen Käfer.

In diesem Augenblick kam Ellens Mutter mit Toby die Treppe herauf, und Ellen packte Rufus und steckte ihn in die Tasche ihrer Strickjacke. „Hoffentlich weißt du, wie du dich wieder zurückverwandeln mußt", flüsterte sie ihm zu.

„Wie bitte?" fragte ihre Mutter.

Ellen ging mit ihrer Mutter und Toby aus dem Haus. Toby blieb stehen, um einem Marienkäfer auf einem Blatt einen kleinen Schubs zu geben, und sah ihm dann nach, wie er davonflog.

„Komm schon, Toby!“ ermahnte ihn seine Mutter. „Schnell!“

In diesem Augenblick gab es einen lauten Knall, und eine purpurrote Rauchschwade bildete sich vor ihren Augen. Und dann krachte es in Ellens Jackentasche so, als würde sie zerreißen. Und plötzlich ging Rufus mit ihnen den Gartenweg entlang. Er tat so, als wäre nichts, und flüsterte Ellen zu: „Dieser Spruch funktioniert nicht richtig. Ich hätte nicht *schrumpfen* mit *Runzen* reimen dürfen.“

„Ich glaube, es liegt vielmehr am Wort *schnell*“, sagte Ellen.

Ihre Mutter sah Rufus verwundert an, um dessen Hals noch immer die getupfte Party-Fliege hing. Es war ihr rätselhaft, woher dieser seltsame Junge plötzlich kam, und sie sah Ellen forschend an. Aber Toby wußte, wer Rufus war, und schlang freudig die Arme um dessen Hals.

„Ach, du bist’s, Rufus!“ tat Ellen erstaunt. „Sollen wir dich zur Schule mitnehmen?“

„Danke, gern“, erwiderte Rufus und hüpfte auf einem Bein den Weg entlang oder machte weite Sprünge.

Toby versuchte, es ihm nachzumachen. Seine Mutter lief hinterdrein. Ellen legte ihre Hand auf die geplatzte Jackentasche und folgte als letzte.

Das Diktat

Rufus und Ellen trafen um halb elf in der Schule ein. Sie verabschiedeten sich von Ellens Mutter und Toby am Schultor und überquerten den Hof.

„Ich nehme dich nur dann in die Klasse mit, wenn du ein Käfer bist“, sagte Ellen entschieden.

„In Ordnung“, meinte Rufus. „Ich verschwinde sofort.“

Doch in diesem Augenblick entdeckte er auf dem Hof die Sportgeräte, die bei der Leichtathletik-Meisterschaft gebraucht wurden. Mit einem Satz stand er davor, und schon schleuderte er drei Speere in die Luft. Der eine landete auf dem Dach der Schule, der zweite im Umkleideraum der Mädchen und der dritte auf dem Verdeck eines Sportwagens, der gerade vorbeifuhr.

„Rufus!“ rief Ellen. „Du hast mir versprochen, keine Dummheiten zu machen!“

„Ja, das stimmt“, erwiderte Rufus.

„Beeil dich, schnell!“ rief Ellen.

Da krachte und pfiff es plötzlich, und gleich darauf war Rufus in einer purpurroten Rauchwolke verschwunden.

„Gott sei Dank“, flüsterte Ellen, als sie dafür den großen schwarzen Käfer erblickte. Dann holte sie das Federmäppchen aus dem Schulranzen hervor und verstaute ihn darin. Zum Glück war das Federmäppchen schon ziemlich alt und sein Stoff an manchen Stellen durchlöchert, so daß Rufus genug Luft zum Atmen bekam. „Du bleibst jetzt eine Weile da drin“, sagte Ellen leise. „Und mache ja keine Dummheiten!“

Dann ging sie in das Klassenzimmer und entschuldigte sich für ihr Zuspätkommen.

„Schon gut, Ellen“, sagte Fräulein Pinn, die Klassenlehrerin. „Du kommst gerade noch rechtzeitig zum Diktat. Setz dich, und nimm einen Bleistift zur Hand.“

Ellen setzte sich an ihren Platz, auf dem bereits ein leeres Blatt Papier lag. Sie öffnete ihr Federmäppchen, und Rufus winkte ihr mit einem Fühler zu, als sie einen Bleistift herausnahm. Hastig schloß sie es wieder.

„Das erste Wort, das wir schreiben, ist *Schulranzen*“, sagte Fräulein Pinn. Und alle schrieben das Wort Schulranzen. Nur Ellen schrieb *Schulrunzen*, und sie öffnete ärgerlich das Federmäppchen, um einen Radiergummi herauszunehmen.

Aber sie fand keinen, dafür aber lagen mehrere Murmeln in dem Federmäppchen. Sie konnte sich nicht erklären, woher diese kamen, denn sie hatte ja nicht gesehen, wie Toby am Abend zuvor die Radiergummis gegen Murmeln ausgetauscht hatte. Als sie das Federmäppchen noch einmal durchsuchte, schlüpfte der Käfer heraus. Er krabbelte über das Schreibpult, dann das Tischbein hinunter, und schließlich kroch er den Gang zwischen den Bänken entlang. Zuerst winkte er ihr mit dem rechten, dann mit dem linken Fühler zu.

Ellen bückte sich rasch zu ihm hinunter, um ihn am Weiterkrabbeln zu hindern. Dabei beugte sie sich so weit vor, daß die Murmeln aus dem Federmäppchen fielen und eine nach der anderen die schräge Pultplatte hinunterrollten und schließlich mit einem knatternden Geräusch, das an Flintenschüsse erinnerte, auf dem Boden aufschlugen.

Die Schüler brachen in schallendes Gelächter aus und stießen die Murmeln mit den Füßen weiter, so daß sie erst dann zu rollen aufhörten, als sie von den Schnallenschuhen der Lehrerin aufgehalten wurden. Fräulein Pinn beobachtete Ellen und bemerkte nicht die Murmeln. „Beeil dich, Ellen“, sagte sie, als diese noch immer nach einem

Radiergummi suchte und gleichzeitig den Käfer einzufangen versuchte. „*Schnell!*“

In diesem Augenblick krachte es laut, und Rufus entstieg einer roten Rauchwolke und stand mitten im Klassenzimmer.

„Ich habe dir doch gesagt, du sollst keine Dummheiten machen!“ zischte Ellen.

„Ich kann nichts dafür“, flüsterte Rufus ihr zu.

„Ruhe!“ rief die Lehrerin in die Klasse, ohne von ihrem Buch aufzublicken.

Als es aber immer lauter wurde, hob sie den Kopf und entdeckte Rufus. „Wer ist denn der Junge?“ fragte sie erstaunt. „Ist das dein Freund, Ellen?“ Dann wandte sie sich an Rufus: „Warum kommst du ausgerechnet in diese Stunde? Und wie heißt du?“

„Rufus“, erwiderte dieser und zuckte mit den Achseln.

Fräulein Pinn schaute ihn über den Rand ihrer Brille an. „Nun gut, dann setz dich zu Ellen“, meinte sie gereizt. „Aber nach der Stunde möchte ich mit dir reden.“ Mit diesen Worten reichte sie ihm Papier und Bleistift.

Fräulein Pinn wunderte sich über Rufus’ eigenartiges Aussehen, er hatte zwei Fühler am Kopf und um den Hals eine rot-blau getupfte Fliege.

Auch die Klasse konnte sich nicht satt sehen an Rufus' Anblick und kicherte in einem fort.

Ein paar Schüler verließen ihre Plätze, um ihn aus der Nähe zu betrachten.

„Setzt euch!" befahl Fräulein Pinn. „Und seid still."

Die Schüler gehorchten und kehrten an ihre Plätze zurück.

Nur Tabitha, die die größte in der Klasse war und einen nagelneuen Trainingsanzug anhatte, blieb neben Rufus stehen und musterte ihn von oben bis unten.

„Der hat aber komische Dinger am Kopf", stellte sie fest und zeigte auf die beiden Fühler.

Ellen zupfte nervös an ihren Socken herum und wickelte dann eine Haarsträhne um ihren rechten Zeigefinger.

Rufus konnte, wie viele in der Klasse, Tabitha nicht ausstehen. Als sie ihn so unverfroren ansah, traf sie sein berüchtigter Hexenblick, während er gelassen mit seiner rot-blau getupften Fliege spielte.

„Tabitha!" ertönte Fräulein Pinns mahnende Stimme, und das Mädchen warf Rufus einen letzten mißtrauischen Blick zu, bevor es wieder seinen Platz einnahm.

„Jetzt können wir endlich unser Diktat fortsetzen", sagte die Lehrerin.

Rufus' Augen leuchteten vor Begeisterung. Diktat, wie interessant das klang! Das mußte etwas ganz Besonderes sein. Im Hexenunterricht hatten sie das nicht. „Darf ich als erster an die Reihe kommen?" fragte er eifrig.

Fräulein Pinn runzelte die Stirn und meinte:

„Nein, es machen alle gleichzeitig mit. Also, schreibt das Wort *Pulver!*“

„Ja, ja, das ist mein Pulver!“ rief Rufus aufgeregt und nahm sogleich den Rest des purpurroten Zauberpulvers aus der Hosentasche. Dann sprang er von seinem Platz hoch und stürzte nach vorne. „Soll ich den Tisch schweben lassen?“ fragte er.

„So ein Quatsch“, spottete Tabitha. Aber die Klasse brach in lautes Gelächter aus. Fräulein Pinn stöhnte und kräuselte die Lippen, doch als sie die freudige Erwartung in Rufus' Gesicht sah, meinte sie schließlich: „Nun gut, Rufus, schreibe das Wort *schweben,* wenn du unbedingt willst. Aber dann gib Ruhe.“

Ellen versteckte ihr Gesicht hinter den Haaren und saß zusammengekauert da. Die anderen tuschelten laut, und Rufus machte mit dem Arm eine ausholende Geste, während er das Zauberpulver durch die Finger gleiten ließ. Als es zu Boden rieselte, verwandelte es sich in knisternde Funken.

Die Klasse hielt den Atem an.

„Kopf und Arme heben,
dann sieh zu“,

begann Rufus mit feierlicher Stimme,

„wie im Nu
der Tisch wird schweben...“

Er stand da, einen Arm erhoben, den Kopf nach hinten geworfen, und starrte in die entfernteste Ecke des Klassenzimmers.

„Was tust du da?“ rief Fräulein Pinn entsetzt. „Rufus, das ist eine Diktatstunde und keine Zaubervorstellung. Setz dich sofort an deinen Platz, oder ich hole den Schuldirektor.“

„Aber ich bin noch nicht fertig“, meinte Rufus. „Es fehlt noch was.“ Er legte die Stirn in Falten, aber sosehr er auch nachdachte, er fand nicht die richtigen Worte.

Die Klasse brüllte vor Begeisterung, und Ellen konnte sich auch nicht das Lachen verkneifen.

Rufus verstand die Welt nicht mehr. Was sollten all die Wörter, die die Lehrerin vorsagte, wenn man keinen Zauberspruch daraus machte? „Ich muß noch etwas hinzufügen, wie etwa:

Schwebe und falle,
ganz leise und sachte...“

Rufus machte erneut einen Anlauf, aber Fräulein Pinn schrie: „Rufus!“ Und ihre Stimme erinnerte Rufus ganz stark an die seiner Mutter, so daß ihm

4 9942-8

übel wurde und er sich nun doch an seinen Platz setzte.

Aber es war schon zu spät! Der begonnene Zauberspruch wirkte bereits. Der Tisch wackelte hin und her, und dann schwebte er immer höher, bis er Fräulein Pinns Augenhöhe erreicht hatte, in der er verharrte.

Die Lehrerin stapfte wütend um den Tisch herum, um die Klasse besser zu sehen. „Laß sofort den Tisch wieder runter!" zeterte sie.

Aber es kam noch viel schlimmer. Fräulein Pinn hatte Rufus' Zauberspruch unterbrochen und steckte nun selbst mitten in dem Durcheinander. Der Tisch plumpste wieder auf den Boden, und dafür schwebte Fräulein Pinn in die Höhe. Sie hing einen Meter über dem Boden in der Luft und zappelte wie eine Marionette. Ihr Gesicht nahm einen wütenden Ausdruck an. „Hol mich sofort runter!" befahl sie wie eine Königin, und gleich darauf schwebte sie wieder zu Boden.

Doch zu allem Unglück landete sie ausgerechnet auf den Murmeln, die aus Ellens Federmäppchen gefallen waren. Als sie darauf trat, rollten ihr die Füße davon, so, als hätte sie Rollschuhe an. Sie verlor das Gleichgewicht, denn ihre Beine rutschten immer weiter auseinander. Sie versuchte hochzuspringen und fiel dabei mit dem Rücken auf den Tisch, der schon wieder in die Höhe schwebte.

„Was für ein toller Zaubertrick!" riefen ein paar Schüler. „Wie hat er das bloß gemacht?"

Tabitha aber meinte hochnäsig: „So was Albernes! Wenn wir nicht gleich das Diktat fortsetzen, kommen wir zu spät zur Vorentscheidung für die Leichtathletik-Meisterschaft."

„Rufus! Tu was! Schnell!" rief Fräulein Pinn.

Aber Rufus wußte nicht, was er tun sollte. Beim letzten Zauberspruch war alles mehr oder weniger glattgegangen, und so war er nun recht froh, als ihm der Käfer-Spruch wieder einfiel.

Während alle Augen gebannt auf den schwebenden Tisch gerichtet waren, über dem Fräulein Pinn wie eine Zirkusakrobatin hing, ertönte ein leises Pfeifen und ein dumpfer Schlag, und aus einer kleinen Rauchwolke kroch der schwarze Käfer hervor.

„Wenn du mich nicht sofort herunterholst, Rufus, schicke ich dich zum Direktor!" rief die Lehrerin, die über der Tischkante hing wie eine Seekranke, die sich über die Reling beugt. „Rufus! Rufus! Wo steckst du denn?"

Ellen saß allein auf der Bank, der Platz neben

ihr war leer. Sie starrte Fräulein Pinn mitleidsvoll an, die zwischen dem Fenster und der Zimmerdecke schwebte. Die Klasse konnte sich gar nicht mehr beruhigen.

„Wenn du, Ellen, in so was Verrücktes verwikkelt bist, ist das etwas anderes“, sagte Fräulein Pinn. „Da Rufus verschwunden ist, mußt du an seiner Stelle zum Direktor gehen. Schließlich warst du es, die Rufus hierher gebracht hat.“

Dann krachte der Tisch auf den Fußboden wie ein Flugzeug bei einer Bauchlandung. Fräulein

Pinn sprang herunter, rückte sich die Brille zurecht und bemühte sich, würdevoll auszusehen.

Der Zauber war zu Ende.

Als Ellen den Käfer neben sich auf der Bank erblickte, flüsterte sie mit zusammengepreßten Lippen: „Du hast mir doch versprochen...“

„Was meinst du, Ellen?“ fragte die Lehrerin.

Ellen wußte nicht, was sie sagen sollte, ohne gleich ausgelacht zu werden, und so schwieg sie.

„Du gehst jetzt zum Direktor, Ellen“, meinte Tabitha mit breitem Grinsen. „Beeil dich, damit du nicht zu spät zum 400-Meter-Lauf kommst. Sonst kannst du womöglich bei der Leichtathletik-Meisterschaft nicht mitmachen.“ Sie schaute ihre Klassenkameraden an, die noch nie in einer Diktatstunde so viel Spaß gehabt hatten und noch immer lachten und tuschelten.

„Ruhe! Ruhe!“ ermahnte Fräulein Pinn sie. „Und du, Ellen, du verschwindest jetzt!“

Mit einem letzten vorwurfsvollen Blick auf den Käfer verließ Ellen das Klassenzimmer.

Die Vorentscheidung für den 400-Meter-Lauf

Der Schuldirektor sagte zu Ellen, sie müßte zur Strafe dafür, daß sie den Unterricht gestört hatte, während der Mittagspause im Kartenzimmer aufräumen. „Dabei kann mir Rufus helfen“, war Ellens erster Gedanke.

Als sie das Büro des Direktors verließ, hatten die Ausscheidungskämpfe bereits begonnen. Sie stürzte in den Umkleideraum, um sich die Turnsachen anzuziehen. Doch sie konnte sie nirgends finden. Sie schaute auf jeden Kleiderhaken, warf einen Blick hinter die Heizkörper und sah dann noch auf dem Gang und im Waschraum nach. Doch die Plastiktüte mit ihren Sachen blieb verschwunden.

Sie lief hinaus auf den Schulhof, um zu sehen, wieviel Zeit es noch war bis zum 400-Meter-Lauf der Mädchen, den sie unbedingt gewinnen wollte. Bestürzt stellte sie fest, daß Herr Box, der Sportlehrer, den Wettlauf bereits organisierte. „Komm schon, Ellen!“ rief er, als er sie erblickte. „Ich dachte, du wolltest morgen für unsere Schule laufen. Aber du hast dich noch nicht einmal umgezogen!"

„Ich mußte zum Direktor", erwiderte Ellen und wollte keine näheren Erklärungen abgeben, denn Tabitha Arkwright hatte bereits ihre Turnsachen an und lief sich warm.

„Ellen ist nicht schnell genug, um unsere Schule zu vertreten, Herr Box", sagte Tabitha. „Ich bin sicher, daß *ich* den 400-Meter-Lauf gewinne."

„Aber nicht, wenn Ellen die Vorentscheidung gewinnt, Tabitha", meinte Herr Box. „Für dich ist dieser Lauf doch gar nicht so wichtig, weil du ja noch in anderen Disziplinen mitmachst." Dann wandte er sich an Ellen: „Noch fünf Minuten. Wenn du dann nicht umgezogen und startbereit bist, kannst du nicht mitmachen."

Ellen rannte, so schnell sie konnte, zum Umkleideraum, wo sie in der Tür mit Rufus zusammenstieß. „He, du hast mir doch einen Tempo-Spruch versprochen", sagte sie. „Einen Spruch, mit dem ich Tabitha schlagen kann. Was ist damit?"

„Aber du bist ja noch nicht einmal umgezogen", sagte Rufus. Und erst jetzt bemerkte Ellen, daß Rufus Turnkleidung trug. Er lehnte in Shorts, T-

Shirt und Turnschuhen und ohne Partyfliege und gestreifte Socken am Türpfosten. Er trug genau die Farben, die auch Ellens Turnsachen hatten.

„Rufus, du hast ja mein Turnzeug an!" sagte sie erstaunt.

„Nein, das stimmt nicht", wehrte Rufus sich. „Die sind aus dem Fundbüro. Deine liegen in Tabithas Schulbank. Ich habe selbst beobachtet, wie Tabitha sie dort versteckt hat."

Rufus und Ellen stürmten in das Klassenzimmer, und tatsächlich fanden sie in Tabithas Bank

Ellens Turnsachen.

„Sie ist fest davon überzeugt, daß du gegen sie verlierst", sagte Rufus.

„Und ich bin ganz sicher, daß ich sie schlagen werde", erwiderte Ellen. „Du reimst mir einen Tempo-Spruch, während ich mich umziehe." Zum Umziehen brauchte sie keinen Spruch dieser Art, denn das schaffte sie in Sekundenschnelle. Als sie startbereit neben Rufus stand, hatten sie noch genau eine Minute Zeit, um zur Aschenbahn hinüberzulaufen.

„Nun, hast du den Spruch?" fragte Ellen.

Rufus durchsuchte hastig seine Taschen und schaute Ellen ratlos an. „Ich fürchte, mir ist das Zauberpulver ausgegangen", gestand er. „Und ohne dieses funktioniert der Tempo-Spruch nicht."

„O Rufus!" rief Ellen vorwurfsvoll. „So werde ich Tabitha nie besiegen!"

Aber Rufus legte die Stirn in Falten und dachte fieberhaft nach, wie er selbst an dem Wettlauf teilnehmen könnte.

„Hör mal", sagte er, „ich habe zwar kein Zauberpulver, dafür aber eine sehr gute Idee. Und ich glaube, ich bin noch zum Teil ein Käfer."

Ellen betrachtete die beiden Fühler auf seinem

Kopf und wartete gespannt, was nun kommen würde.

„Wenn das Wort *schnell* noch immer das Zauberwort ist, dann weiß ich einen Weg", sagte er.

Tabitha machte eifrig ein paar Kniebeugen neben der Aschenbahn.

Ellen lief auf den Sportlehrer zu, um ihm zu sagen, daß sie startbereit war. Dann nahm sie neben den anderen Läuferinnen ihren Platz ein. In der Tasche ihrer Shorts steckte der große Käfer. Als er gleich darauf ihr Bein hinunterkletterte, ließ sie sich nichts anmerken, obwohl es schrecklich kitzelte. Aber das alles gehörte zu ihrem Plan.

Acht Mädchen nahmen an dem Wettlauf teil und warteten gespannt auf den Startschuß. Tabitha stand neben Ellen und lächelte den anderen Läuferinnen zuversichtlich zu.

Ellen streckte ein paarmal die Beine, rieb sich die Knie warm und erwiderte Tabithas Lächeln.

Herr Box hob die Startpistole. „Bereit?" fragte er.

„Ja", erwiderte Tabitha und entdeckte plötzlich den Käfer an Ellens Turnschuh. „Herr Box, da ist ein Kä..." Aber der Startschuß schnitt ihr das Wort ab.

Ellen rannte schneller los als Tabitha, die durch den Käfer irritiert war. Aber Tabitha hatte eine ausgezeichnete Kondition und holte gleich auf. Sie streckte einen Ellbogen von sich und versetzte Ellen einen so heftigen Stoß, daß diese beinahe das Gleichgewicht verlor.

„Das ist die Strafe dafür, daß du mich mit dem Käfer erschrecken wolltest", zischte Tabitha.

Ellen fluchte und wäre beinahe gestolpert, aber dann fing sie sich und rannte weiter.

Als Ellen und Tabitha keuchend nebeneinander herliefen, flog der Käfer von Ellens Schuh auf Tabithas Socke. Er krabbelte ihr Bein hoch. Tabitha hielt das Kitzeln nicht länger aus und schüttelte das Bein, während sie mit den Armen in der Luft ruderte. „Herr Box, das ist nicht fair!" rief sie, ohne den Lauf abzubrechen, denn Ellen war nun allen voran. Als Tabitha das sah, versuchte sie das Tempo zu beschleunigen und dem Käfer keine Beachtung zu schenken. Bald war sie wieder mit Ellen auf gleicher Höhe, überholte sie und versetzte ihr dabei einen heftigen Stoß.

„Aua!" schrie Ellen und sagte laut und deutlich: *„Schnell!"*

Kaum hatte sie das Zauberwort ausgesprochen, ertönten auch schon ein lauter Pfiff und ein

Knall, und gleich darauf entstieg Rufus einer purpurroten Rauchwolke. Er stand mitten auf der Aschenbahn und sprintete mit den Mädchen davon. Rufus rannte wie der Teufel und hatte Tabitha schnell eingeholt. Als diese zur Seite blickte und Rufus sah, erschrak sie so sehr, daß sie beinahe gestolpert wäre.

„Hüte dich vor den Käfern, Tabby!“ rief Rufus Tabitha zu, hielt die Hände über den Kopf und wackelte mit den Fingern, so daß sie wie Fühler aussahen.

„Herr Box, das ist nicht fair!“ jammerte Tabitha, denn weil Rufus sie ablenkte, wurde Ellens Vorsprung immer größer.

Ellen war es klar, daß das alles nicht sehr fair war, aber es war auch nicht fair von Tabitha gewesen, ihre Turnsachen zu verstecken.

Ellen spürte immer mehr Kraft in sich und steigerte das Tempo.

Das Rennen war gleich zu Ende. Ellen blickte sich um und stellte fest, daß sie an der Spitze lag.

„*Schnell!*“ rief sie wieder.

Da knallte und pfiff es wieder, und Rufus verschwand in einer roten Rauchwolke. Gleich darauf kam der große Käfer zum Vorschein. Er krabbelte von der Aschenbahn, damit er nicht von den Läuferinnen zertrampelt wurde. Tabitha, die nicht wußte, ob sie das Rennen abbrechen sollte oder nicht, entschied sich dafür, weiterzulaufen. Sie holte Ellen zum dritten Mal ein, und der Wettkampf endete mit einem Kopf-an-Kopf-Rennen zwischen Ellen und Tabitha.

„Während des Wettlaufs ist etwas sehr Komisches passiert“, sagte Herr Box und kratzte sich verlegen am Kopf, als die Mädchen sich, vor Anstrengung keuchend, um ihn scharten.

„Das können Sie ruhig zweimal sagen“, meinte Tabitha verbittert.

„Leider können wir aus Zeitgründen das Rennen nicht wiederholen“, fuhr der Sportlehrer fort. „Aber ich finde, Tabitha wie auch Ellen sollten unsere Schule bei der Leichtathletik-Meisterschaft vertreten.“

Ellen machte vor Freude einen Luftsprung. Aber Tabitha verschränkte die Arme vor der Brust und zog einen Schmollmund.

Herr Box reichte Ellen mit Sicherheitsnadeln zwei große Neunen. Ein Mädchen befestigte den einen an der Vorderseite von Ellens T-Shirt und den anderen am Rücken. Tabitha bekam die Startnummer acht.

„Bravo, ihr beiden!“ lobte der Sportlehrer sie. „Ihr seid eine hervorragende Zeit gelaufen. Ich erwarte von euch, daß ihr morgen unsere Schule würdig vertretet.“

Im Kartenzimmer

Nach dem Wettlauf mußte Ellen als Strafe dafür, daß sie die Diktatstunde gestört hatte, im Kartenzimmer aufräumen.

„Du hilfst mir doch bei der Arbeit, ja?“ wandte sie sich an Rufus, der sich gerade aus dem Staub machen wollte.

„Um ehrlich zu sein, ich bin ziemlich müde. Ich möchte lieber nach Hause gehen und mich für ein paar Stunden aufs Ohr legen“, sagte er mit lautem Gähnen, das wie das Trompeten eines verzweifelten Elefanten klang.

„Aber deine Mutter ist doch nicht da. Ich dachte, du bist nicht gern allein zu Hause“, wunderte Ellen sich.

„Stimmt“, gab Rufus zu, dem plötzlich wieder bewußt wurde, wie einsam es doch in dem Kaminzimmer ohne seine Mutter war.

Während Ellen im Kartenzimmer aufräumte, sah sich Rufus neugierig um. Plötzlich fiel sein Blick auf einen Besen, der neben dem Staubsauger und dem Putzeimer in einer Ecke stand. Er holte den Besen hervor, der ungewöhnlich breit war, und setzte sich rittlings auf den Stiel. „Wenn mir jetzt ein guter Zauberspruch einfällt, können wir einen kleinen Rundflug machen“, meinte er.

„Aber du hast doch kein Zauberpulver mehr!“ erinnerte Ellen ihn, und damit er auf andere Gedanken kam, stülpte sie ihre Plastiktüte mit dem Turnzeug über die Besenborsten.

Doch wenn Rufus sich einmal eine Idee in den Kopf gesetzt hatte, dann konnte man ihn nicht so schnell davon abbringen. Er legte den Besen beiseite, setzte sich im Schneidersitz auf den Boden und begann, in einem Buch mit dem Titel *Mehr Spaß beim Zaubern* zu blättern.

Ellen war mit Aufräumen beschäftigt und holte schließlich ein Paket Waschpulver aus einem Wandschrank hervor. Dabei glitt es ihr aus den Händen und fiel zu Boden.

Als Rufus das Waschpulver erblickte, warf er das Buch beiseite, sprang rasch auf die Beine und tat sich ein Häufchen Waschpulver auf die Handfläche. Dabei sah er Ellen vielsagend an. Dann legte er die Stirn in Falten, und Ellen harrte mit einem mulmigen Gefühl der Dinge, die nun kommen würden.

Rufus hatte alles, was er brauchte: Zauberpulver, ein Buch mit Zaubersprüchen und einen Besen. „Vielleicht funktioniert es“, meinte er. „Es könnte...“

„Aber das ist doch kein Zauberpulver“, fiel Ellen ihm ins Wort. „Es ist nur Waschpulver!“

„Aber das paßt doch ausgezeichnet zu einem Besen“, meinte Rufus. Er steckte sich eine Handvoll Waschpulver in die hintere Hosentasche und

behielt ein Häufchen in der Hand. Dann setzte er sich rittlings auf den Besen, wobei er mit der Hand, in der das Waschpulver war, den Besenstiel festhielt. Mit der anderen griff er nach dem Zaubersprüchebuch. Dann sagte er mit feierlicher Miene:

„*Laß uns das Zimmer hier ausmisten*
und dann den Besen überlisten.
Nicht Zauberpulver muß es sein,
auch Waschpulver ist recht und fein.
Verlasse, Besen, diesen Ort
und fliege mit uns beiden fort.“

Gleich darauf fiel das Buch polternd zu Boden, und das Waschpulver rieselte durch Rufus' Finger.

Ellen wartete gespannt, was nun kommen würde. Aber es geschah nichts. Doch sie wußte, daß sich in Rufus' Zauberwelt oft zuerst gar nichts rührte, bevor dann etwas Unglaubliches passierte.

Und so war es auch jetzt. Plötzlich ertönte ein Pfiff und dann ein lautes Knattern, das sich anhörte wie ein startendes Moped. Der Besenstiel wackelte und richtete sich auf. Ellens Plastiktüte fiel aber trotzdem nicht herunter.

„Juchhei!“ rief Rufus. „Es klappt. Komm, Ellen!

Komm mit in den Geisterwald!“

„Nein!“ sagte Ellen und klammerte sich an der Tür des Wandschranks fest. „Ich bleibe hier.“

Der Besen schnellte zurück wie ein ausholender Arm, bevor er einen Ball durch die Luft schleudert. Dann sauste der Besen unter lautem Dröhnen durch das geöffnete Fenster über die Bäume hinweg.

Ellen blieb wie versteinert stehen. Alles, was noch an Rufus erinnerte, war eine stinkende Rauchwolke, vermischt mit dem Geruch von Waschpulver.

Sie konnte es kaum erwarten, daß der Nachmittagsunterricht zu Ende war, denn sie wollte Richard anrufen, um ihm von ihrem erfolgreichen 400-Meter-Lauf zu berichten. Endlich war es halb vier, und das ersehnte Glockenzeichen ertönte.

Sie rannte den ganzen Weg nach Hause, und gerade als sie die Haustür öffnete, schellte das Telefon. Sie stürzte darauf zu, nahm den Hörer ab und keuchte atemlos: „Hallo!"

„Hallo, El", sagte die Stimme am anderen Ende der Leitung. Es war Richard. „Sehen wir uns nun morgen auf dem Sportplatz, oder nicht?" fragte er.

„Ja", sagte Ellen stolz. „Ich habe die Startnummer neun. Ich war heute Erste."

„Wie hast du denn das geschafft?" fragte Richard lachend.

„Nun ja, ich hatte eine kleine Hilfe", gab Ellen zu.

„Hexenhilfe, nehme ich an", sagte Richard.

„Ja, so ähnlich", meinte Ellen. „Stell dir vor, ich hatte meine Turnsachen verloren, habe sie dann aber noch rechtzeitig gefunden und habe trotz allem das Rennen gewonnen!"

„Super", meinte Richard. „Dann sehen wir uns also morgen. Ich habe nämlich ein Geburtstagsgeschenk für dich."

Als Ellen den Hörer auflegte, war sie so aufgeregt, daß sie auf dem Weg zur Küche von einem Bein auf das andere hüpfte. Sie konnte bereits am Gesicht ihrer Mutter ablesen, daß diese wußte, welches Geschenk Richard für sie ausgesucht hatte. Aber sie fragte sie nicht danach, denn es sollte eine Überraschung bleiben.

„Ich darf morgen bei der Leichtathletik-Meisterschaft mitmachen", erzählte Ellen ihrer Mutter und Toby.

„Gratuliere!" sagte ihre Mutter.

„Der Bus nach Eardington fährt um Viertel nach neun von der Schule ab. Tabitha Arkwright hat mich nicht schlagen können, weil ich einen Käfer auf meiner Socke hatte."

„Wie bitte?" fragte ihre Mutter, die gerade etwas Käse für einen Auflauf rieb, den sie für das Abendessen zubereitete.

„Papa und ich kommen mit Toby nach Eardington, denn wir wollen euch natürlich sehen", sagte ihre Mutter. „Und Richard kann dann am Nachmittag mit nach Hause kommen, damit wir gemeinsam deinen Geburtstag feiern."

„Au fein!" rief Ellen begeistert. „Ich glaube aber nicht, daß ich Erste werde, denn Tabitha ist viel schneller als ich."

„Das macht doch nichts", meinte ihre Mutter. „Hauptsache ist, du nimmst an dem Wettlauf teil."

Jetzt war es zur Abwechslung Toby, der ausgelassen in der Küche herumhüpfte.

„Toby, du siehst aus wie ein Kobold", sagte Ellen. „Hör bitte auf damit, mir wird ganz schwindlig!"

„In meinem Zimmer sind Kobolde", sagte Toby. „Und es sind auch welche im Schrank unter der Treppe."

„Dann sieh zu, daß du sie verscheuchst, bevor es Abend wird", meinte Ellen. „Sonst werden wir die ganze Nacht kein Auge zutun. Du weißt doch, daß ich morgen für den 400-Meter-Lauf fit sein muß."

Die Kauzige Hannah

Doch Ellen schlief nicht lange diese Nacht. Kurz nach Mitternacht wachte sie plötzlich auf. Sie hatte geträumt, sie irre in einem Wald umher, und ihr Nachthemd habe sich um ihre Knie verwickelt.

Ruckartig setzte sie sich in ihrem Bett auf, so daß das Kopfkissen zu Boden fiel, denn plötzlich war ihr in den Sinn gekommen, daß sie keine Ahnung hatte, wo ihre Turnsachen waren. Sie mußte sie verloren haben. Aber sie brauchte sie unbedingt am nächsten Morgen! Eines stand fest: Sie hatte sie nicht von der Schule mit nach Hause gebracht, aber sie hatte sie auch nicht dort gelassen. Sie hob das Kopfkissen auf und dachte angestrengt nach, wo um alles in der Welt sie den Plastikbeutel hatte liegenlassen.

In diesem Augenblick klopfte es im Kamin, was für Ellen nichts Außergewöhnliches war. Doch dann rumpelte es, und jemand fluchte laut. Gleich darauf war ein mürrisches Brummen zu hören, gefolgt von schlurfenden Schritten, und dann rumpelte es wieder.

Ellen schenkte den Geräuschen diesmal keine Beachtung, denn jetzt war viel wichtiger, daß sie ihr Turnzeug fand. Sie sprang aus dem Bett und begann danach zu suchen. Während sie die Sachen auf dem Fußboden durchwühlte, kam ihr plötzlich in den Sinn, daß Rufus ja in den Geisterwald zu seiner Mutter geflogen war. Woher kam dann aber dieses Brummen aus dem Kamin? Dieses Fluchen und Schlurfen?

Doch Ellen wollte sich nicht länger mit dieser Frage aufhalten und suchte weiter. Sie schaute in jeden Schrank, und gerade als sie wieder unter dem Bett hervorkroch, krächzte eine Stimme aus dem Kamin: „Bist du da, Kind aus der wirklichen Welt?“

„Ja“, erwiderte Ellen, die sofort erkannte, daß es die Stimme der Kauzigen Hannah war. Offensichtlich war sie schon aus dem Geisterwald zurückgekehrt.

„Sehr gut“, sagte die Kaminhexe. „Dann werde ich einen Zauberspruch sagen, damit du zu mir herüber kannst. Hast du was Ordentliches an?“

„Ja, ich denke schon“, erwiderte Ellen und musterte ihr Nachthemd. Es hatte eine große braune Eichel auf der Brust, und um den Saum herum zog sich ein grünes Blattmuster. Nein, es gab nichts auszusetzen an diesem Nachthemd.

Jetzt kam ein lautes Räuspern aus dem Kamin, und Ellen wußte, daß nun gleich der Zauberspruch folgen würde. Sie schloß die Augen und vernahm wie aus weiter Ferne die Stimme der Kauzigen Hannah:

„*Hexen hassen alle Kinder,*
wenn sie keine Hexen sind.
Aber heute ist mein Haß geringer,
weil ich sehr in Sorge bin.
Ich zähle nur von eins bis vier,
und dann bist du auch schon bei mir.“

Ellen stand vor dem Kamin und harrte der Dinge, die nun kommen würden. Dann vernahm sie ein Klirren, so, als fiele Geschirr aus einem Schrank. Dabei wurde sie von etwas am Kopf getroffen, und ihr wurde schwarz vor den Augen. Als sie wieder zu sich kam, hockte sie unter dem Tisch der Kaminhexe.

Die Kauzige Hannah saß auf Rufus' Bett, das neben dem Hexenkessel stand. Um sie herum herrschte eine heillose Unordnung, die noch von der Party der Kobolde herrührte.

Die Kaminhexe knabberte an ihren Fingernä-

geln, und ihr Hut saß windschief über ihrem Gesicht, denn sie hatte in dem Durcheinander etwas gesucht. Sie hatte noch immer den schwarzen Hexenumhang um, und es sah ganz so als, als wäre sie soeben heimgekommen oder als wolle sie gerade aufbrechen.

„Hab dich nicht so, und komm schon unter dem Tisch hervor!“ sagte sie schroff zu Ellen.

Ellen gehorchte, und als sie vor der Kaminhexe stand, lächelte sie verkrampft, denn sie wußte, daß diese sie nicht leiden konnte. Aber sie haßte im Grunde alle Kinder aus der wirklichen Welt, wie das bei den meisten Hexen der Fall ist.

Die Kauzige Hannah schloß die Augen, steckte die Zungenspitze aus dem Mundwinkel und stemmte die Arme in die Hüften. „Jetzt sag mir mal, wie kommt es, daß du um diese Zeit noch auf bist?" fragte sie Ellen vorwurfsvoll.

Diese schaute sie verwundert an und wußte nicht, worauf die Hexe hinauswollte.

„Spiel nicht die Unschuldige!" fauchte die Kaminhexe. „Sag mir lieber, was du mit Rufus gemacht hast!"

„Nichts", erwiderte Ellen. „Rufus ist in den Geisterwald geflogen. Er wollte Sie dort suchen. Er hat den Besen des Schulwarts genommen ..." Plötzlich konnte sich Ellen entsinnen, daß sie da zum letzten Mal ihre Turnsachen gesehen hatte. Ja, sie hingen über dem Besen! „Und er hat mein Turnzeug mitgenommen", fügte sie ärgerlich hinzu.

„In den Geisterwald? Er ist in den Geisterwald geflogen?" kreischte die Hexe. „Oh, der Unglücksrabe! Der Pechvogel! Der Unglückswurm!" jammerte sie und warf ihren Hut auf den Fußboden und trampelte so lange darauf herum, bis er flach wie ein Teller war. Dann streckte sie ihre Arme zum Himmel aus und wimmerte: „Ich wußte es, ich wußte es! Ich habe es geahnt, daß etwas Unglaubliches passieren wird, wenn ich den Jungen allein lasse!“ Sie raufte sich die roten Haare, daß sie wie Korkenzieher in alle Richtungen standen.

„Was ist denn passiert?“ fragte Ellen erschrokken und meinte, die Hexe beruhigen zu müssen. Doch dann unterließ sie es, denn das hätte womöglich alles noch schlimmer gemacht.

„Nun, wenn du ihn nicht eingesperrt hast, dann hat ihn die grimmigste Hexe zu ihrem Gefangenen gemacht“, schluchzte die Kauzige Hannah.

„Die grimmigste Hexe im Geisterwald?“ fragte Ellen ungläubig, denn sie konnte sich nicht vorstellen, daß es noch grimmigere Hexen als die Kauzige Hannah gab.

„Ja“, antwortete diese. „Das bedeutet, daß du Rufus, mir und sicher auch Onkel Wuzo die Mittsommernacht verpatzt hast. Na, bist du jetzt zufrieden?“

„Oh, Verzeihung, das wollte ich nicht“, sagte Ellen bestürzt und ertappte sich wieder einmal dabei, daß sie sich bei der Hexe entschuldigte, obwohl sie gar nichts verbrochen hatte. Die Mittsommernacht konnte wohl auch sie jetzt vergessen!

„Es hat schon immer zwischen Rufus und dieser Hexe, die alle die Grimmige Grapschapfel nen-

nen, Zauberformel-Zoff gegeben", sagte die Kauzige Hannah. „Sie hat ihm sogar einmal gedroht, ihn in eine weiße Maus zu verwandeln und in einen Käfig zu sperren, wenn er es noch einmal wagen sollte, sich ihrem Hexenhaus zu nähern."

„Ah, Zauberformel-Zoff, ich verstehe", sagte Ellen und sah nun die Dinge etwas klarer. Auch sie hatte mit Rufus ständig Zauberformel-Zoff gehabt. „Kann ich Rufus irgendwie helfen, da wieder rauszukommen?" fragte sie. „Er hat nämlich was Wichtiges von mir mitgenommen."

„Wie sollst *du* schon helfen können!" fauchte die Hexe gereizt. „Du bist ja aus der wirklichen Welt, und Leute aus der wirklichen Welt sind uns Hexen keine Hilfe. Geh heim, und leg dich schlafen! Du stiehlst mir nur meine Zeit, und ich habe eine Menge zu tun." Die Hexe hob ihren Hut vom Boden auf und blies ein paarmal kräftig hinein, bis er wieder seine ursprüngliche Form hatte.

„Aber *Sie* wollten ja, daß ich hierherkomme", stellte Ellen klar. „Und Rufus hat Sachen von mir bei sich, die ich morgen früh unbedingt brauche."

„Jetzt gib endlich Ruhe!" zischte die Kaminhexe und zog sich wütend den Hut über die Ohren. „Wenn es mir gelingt, den Jungen aus seinem Käfig zu befreien, lasse ich ihn bis zur Mittsommernacht keine Sekunde mehr aus den Augen."

Und ehe Ellen etwas sagen konnte, kramte die Hexe ihren Zauberstab hervor und berührte dreimal mit seiner Spitze unsanft Ellens Bauch. Dabei blies sie die Luft geräuschvoll durch die Zähne, was sich anhörte, als schrumpfe ein Ballon. Dann sagte sie:

„Jetzt ist aber Schluß!
Ab in die Heia!
Sonst versäumst du den Bus,
und es gibt keine Feier!"

Ellen kam nicht mehr dazu, zu fragen, welchen Bus die Hexe meinte, denn schon wurde sie von einem schwindelerregenden Gefühl erfaßt und kam erst wieder zu sich, als sie bereits zu Hause war. Sie saß auf der Treppe und starrte nachdenklich durch das Geländer.

Die Grimmige Grapschapfel

Normalerweise hätte sich Ellen kaum über einen Kobold gewundert, der das Treppengeländer hinunterhüpfte oder durch die Katzenklappe in die Küche huschte.

Aber heute abend war das anders, denn als sie aus ihrem Zimmer Koboldgeplapper dringen hörte, sprang sie flink wie ein Wiesel die Treppe nach oben.

Zu ihrem Erstaunen saß am Fußende ihrer Bettes Bobkobold, rutschte unruhig hin und her und machte ein betretenes Gesicht. Die anderen Kobolde hockten auf den Regalen, hingen an der Deckenlampe oder schaukelten an den Vorhängen hin und her.

Als Ellen eintrat und die Tür hinter ihr ins Schloß fiel, schauten alle verlegen zu Boden.

„Nun sagt schon, was geschehen ist. Was habt ihr mit Rufus angestellt?“ fragte Ellen.

„Nichts“, erwiderten die Kobolde gleichzeitig und blickten mit Unschuldsmienen zur Decke hinauf.

Ellen verschränkte die Arme und schaute sie herausfordernd an. Als sie immer noch keine Antwort gaben, stampfte sie wütend mit dem Fuß auf.

Da sagte Bobkobold zögernd: „Wenn du es genau wissen willst, die Grimmige Grapschapfel hat ihn sich gegrapscht."

„*Wehe dem,*
den die Grapschapfel grapscht!
Da nützt auch kein Flehen,
wenn die Grapschapfel klatscht",

flüsterten traurig die anderen Kobolde.

„Jetzt ist er eine weiße Maus und sitzt im Käfig der Grimmigen Grapschapfel", meinte Bobkobold. „Und er wird auch noch in der Mittsommernacht dort sein."

„*Sie hat ihn in den Käfig gesteckt*
und sich vor Freude die Finger geleckt",

fuhren die Kobolde fort und scharten sich um Ellen und Bobkobold.

Die Kauzige Hannah hatte also doch recht gehabt!

„Aber was hat Rufus denn angestellt, daß ihn die Hexe so hart bestraft?" wollte Ellen wissen.

„Er hat nur ihre Hexenhütte in Hüttenkäse verwandelt“, sagte Bobkobold und zuckte mit den Schultern, als passiere das alle Tage.

„Ein Kobold sagte einen lauten Fluch,
und Rufus reimte einen Zauberspruch.
Er wollt' aus Stubenfliegen Käse machen,
doch zu Käse wurd' das Haus mit allen
Sachen“,

sangen die Kobolde. Dann begannen sie in Ellens Zimmer herumzutanzen, aber sie waren nicht so ausgelassen wie sonst.

„Wir haben versucht, Rufus zu befreien“, erzählte Bobkobold Ellen, „aber die Grimmige Grapschapfel hielt uns durch einen Zauberspruch fern.“

„Ein Niesen und ein Husten,
ein Keuchen und ein Prusten,
ein Zauberspruch, ein Zauberwort
jagt Kobolde für immer fort“,

sangen die Kobolde im Chor.

„Aber ich bin kein Kobold“, sagte Ellen. „Vielleicht könnte *ich* Rufus befreien?“

Die Kobolde hörten sofort zu tanzen auf und klopften sich gegenseitig auf die Schultern, wobei

6 9942-8

sie sich vor Lachen nur so krümmten.
„Kind aus der wirklichen Welt, du bist zwar mutig, aber sehr einfältig!" rief Bobkobold. „So schnell kannst du gar nicht schauen, wie dich die Hexe in eine weiße Maus verwandelt. Und du kannst von Glück sagen, wenn du zu Weihnachten wieder frei bist!"

„Mutige Närrin, sei auf der Hut,
lauf schnell wie der Wind,
oder verstecke dich gut.
Und nimm dich ja vor der Hexe in acht,
willst frei du sein in der Weihnachtsnacht",

sagten die Kobolde und kicherten. Ihre Lebensgeister waren wieder erwacht, und sie sangen fröhlich vor sich hin.
„Aber Rufus hat meine Turnsachen!" sagte Ellen. „Selbst wenn die Kauzige Hannah ihn aus dem Käfig befreit, dann läßt sie ihn bis zur Mittsommernacht nicht mehr aus den Augen. Es bleibt uns nichts anderes übrig, als ihn aus dem Geisterwald herauszuholen. Wir müssen einen Weg finden!"
Die Kobolde grübelten, bis ihnen die Köpfe rauchten. Schließlich einigten sie sich, daß sie trotz aller Gefahren in den Wald zurückkehren

und Ellen mitnehmen sollten. Vielleicht würde es ihnen gemeinsam gelingen, die Grimmige Grapschapfel zu verwirren und vor ihren Augen Rufus zu entführen.

Koboldzauber ist nicht das gleiche wie Hexenzauber. Ellen mußte sich mit den Kobolden im Kreis drehen und dabei irgendwelches Kauderwelsch sagen.

„*Koboldblau und Koboldfrau,*
Besenklau und hexenschlau,
husche, sause, flitze
wie die Maus durch eine Ritze.“

Dann hörte Ellen wie aus weiter Ferne Donnergrollen, und plötzlich heulte und brauste es, so als fege ein Sturmwind durch die Bäume. Und gleich darauf begann sich Ellens Zimmer wie ein Wirbelwind zu drehen.

Als der Spuk beendet war, fand sie sich mit den Kobolden im finstersten Dickicht des Geisterwaldes wieder. Es herrschte völlige Windstille, und auch sonst regte sich nichts.

Wohin Ellen auch blickte, sie sah nur Äste und Gestrüpp und dazwischen mal ein graues Stück Himmel. Die Stille wurde nur hin und wieder unterbrochen durch das Rascheln eines Dachses, den Ruf einer Eule oder das Säuseln eines Lufthauchs im Geäst.

Die Kobolde führten Ellen einen schmalen Pfad entlang, vorbei an Brombeergestrüpp und Brennesseln. Schließlich erreichten sie eine Waldlichtung, die nur vom blassen Schein des Mondes erhellt war. Hier verließen die Kobolde Ellen. Sie stand eine Weile regungslos und mit weit aufgerissenen Augen da und glaubte zu träumen. Mitten auf der Waldlichtung erhob sich ein riesiger Berg Frischkäse, der die Form einer Hütte hatte. Obenauf war er mit gehacktem Schnittlauch bestreut, dessen würziger Geruch Ellen sofort in die Nase stieg.

Ellen ging neugierig auf die Käsehütte zu und sah, daß sie ganz aus Hüttenkäse war. Als sie die Tür öffnete, brach gleich der Türknauf ab. Sie wollte ihn gerade in den Mund stecken, als eine schrille Stimme sie zusammenschrecken ließ. „Halt!“ krächzte es, und dann herrschte vollkommene Stille. Selbst die Tiere im Wald gaben keinen Laut mehr von sich.

In der Tür stand eine alte Frau. Sie hatte einen hohen, spitzen Hut auf dem Kopf und eine getupfte Schürze umgebunden. Zwei große, rollenförmige Locken hingen ihr in die Stirn, und ihre Nasenspitze war gekrönt von einer großen, schwarzrot gefärbten Warze. „Rühr ja nicht den Käse der Grimmigen Grapschapfel an, mein Täubchen“, krächzte sie, „sonst wirst du in eine geschmorte Karotte oder wie ich in eine alte Käsekruste verwandelt!“

Ellen ließ den Käse fallen wie eine heiße Kartoffel, und als er zu Boden fiel, sprühten aus ihm Funken in alle Richtungen.

Die Hexe schüttelte angewidert den Kopf. „Ihr lernt wohl heutzutage nichts mehr im Hexenunterricht!“ schnarrte sie. „Steh nicht so dumm rum! Wenn du schon der Grimmigen Grapschapfel einen Besuch abstattest, dann mußt du auch hereinkommen."

Ellen trat ein und stand gleich mitten im Wohnzimmer der Hexe. Es war nur von ein oder zwei Kerzen und einem knisternden Feuer erhellt. Alle Stühle waren von schwarzen Katzen besetzt, deren grüne Augen Ellen mißtrauisch entgegenstarrten.

„Scht!" machte die Hexe Grapschapfel. Und schon verkrochen sich die Katzen in dunkle Winkel.

„Setz dich jetzt, mein Küken", sagte die Alte, „und erzähl mir, was ein so hübsches Kind zu einer so klapprigen, griesgrämigen Hexe geführt hat."

„Ihre weiße Maus", sagte Ellen geradeheraus, „und dann noch meine Sachen, die hier sein müssen." Sie schaute der Hexe direkt ins Gesicht, das vom flackernden Schein des Feuers erhellt war.

Auf einem Regal an der hinteren Zimmerwand stand ein kleiner gläserner Käfig, an dessen Oberseite eine Klapptür angebracht war.

Die Hexe humpelte darauf zu, und Ellen folgte ihr.

In dem Käfig saß eine weiße Maus mit rosafarbenen Augen und einem lebhaft schnuppernden Schnäuzchen. Und um den Hals hatte sie eine rot-blau getupfte Schleife, die sich ununterbrochen drehte.

„Es ist nicht lange her, daß diese kleine Maus ein so hübsches Kind wie du gewesen ist", krächzte die Hexe. „Schade darum!" fügte sie hinzu und öffnete die Klapptür des Käfigs.

Neben dem Käfig lag ein großes Stück stinkenden Camemberts. Die Grimmige Grapschapfel brach ein winziges Stück davon ab und warf es in den Käfig.

„Igitt!" rief Ellen, als sie den Käse roch. „Rufus kann Käse nicht ausstehen!" Im selben Augenblick hielt sie sich erschrocken die Hand vor den Mund, denn das hätte sie nicht sagen dürfen.

Ob Rufus nun ein Käfer, ein Junge oder eine Maus war, frech war er immer. So kickte er auch jetzt das stinkende Käsestückchen wie ein geübter Fußballer durch die Klapptür und zielte dabei direkt auf die Warze an der Nasenspitze der Hexe.

„Iiii!" kreischte diese mit schriller Stimme. Und Ellen mußte unwillkürlich an den unangenehmen Pfeifton eines gestörten Radiosenders denken und hielt sich rasch die Ohren zu.

Die Hexe warf der Maus einen Blick zu, bei dem Wasser zu Eis erstarrt wäre. Dann zog sie geräuschvoll die Luft durch die Nase und stieß sie nach einer Weile mit einem Zischton durch die Zähne. „Du bist also gekommen, um diese Maus zu befreien!“ rief sie. „Das hübsche Kind möchte eine Hexe bestehlen! Warte, dir wird gleich Hören und Sehen vergehen, denn du hast es gewagt, die grimmigste Hexe des Geisterwaldes so kurz vor der Mittsommernacht aufzusuchen!“

Ellen blickte verzweifelt um sich und hoffte, die Kobolde würden sich an ihre Vereinbarung halten.

Und da hörte sie auch schon die Fensterscheiben klirren, denn die Kobolde hatten sich dagegen geworfen und das Glas zerbrochen. Sie hatten also ihren Plan doch nicht vergessen!

„Beim allmächtigen Zaubermeister Wuzo“, kreischte die Hexe, „die Kobold-Bande ist da!“

Die Kobolde tanzten um die Hexe herum, um sie abzulenken. Bobkobold jauchzte übermütig und rief: „Jetzt, Ellen!“, als er sich auf den gläsernen Käfig stürzte. Er versetzte diesem einen seiner berümten Karateschläge, und der Käfig fiel klirrend in sich zusammen.

Ellen kam Bobkobold zu Hilfe und nahm behutsam die Maus in die Hände, die auf einer Glasscherbe gesessen hatte. „Wo sind meine Turnsachen, Rufus?“ flüsterte sie durch ihre Finger.

„Aber nun nichts wie fort!“ rief Bobkobold. Und Ellen und die anderen Kobolde stürzten zur Tür hinaus und stürmten davon.

Der Grimm der Grimmigen Grapschapfel hatte seinen Höhepunkt erreicht, und sie reimte einen besonders grimmigen Zauberspruch.

„Dreh dich nicht um ...“

rief sie mit beschwörender Stimme und fegte mit der Hand die Zauberzutaten von den Regalen, die sie in den Hexenkessel schüttete, in dem es lebhaft zu brodeln begann.

„Dreh dich nicht um,
der Wolf schleicht herum.
Blick nicht zurück,
denn nur noch ein Stück,
und schon beißen die Hunde zu.
Eile geschwind, mein Kind,
sonst findest du keine Ruh ...“

Da verwandelten sich die Katzen in schwarze Hunde mit sehnigen Beinen und fletschenden Zähnen. Knurrend und bellend stürzten sie zur Haustür hinaus, um Ellen und den fliehenden Kobolden nachzujagen.

Die Hetzjagd

Die Kobolde sprangen geschickt über Disteln und Dornengestrüpp und krochen flink durch das Dickicht.

Ellen aber kam nur mühsam voran, denn sie hielt noch immer die weiße Maus in den Händen. Sie stolperte über eine Baumwurzel und stürzte zu Boden. „Wartet doch!" rief sie den Kobolden nach. „Ich bin hingefallen."

Aber das wilde Gebell der Hunde, das immer näher kam, jagte den Kobolden so große Angst ein, daß sie vor Schreck nichts mehr hörten.

Kopflos rannten sie drauflos und schlugen Haken wie Hasen, nicht ahnend, daß Ellen gestürzt war.

Diese rappelte sich hoch, ohne die Maus aus den Augen zu lassen.

Doch es dauerte nicht lange, und sie stolperte schon wieder. Diesmal landete sie mitten in einem Dornengebüsch. Und da entwischte ihr die Maus und verschwand im Dickicht.

Das Kläffen der aufgebrachten Meute wurde

immer lauter. Ellen hatte die Orientierung verloren und hielt es für klüger, sich nicht von der Stelle zu rühren. Es hatte wenig Sinn, vor den Hunden wegzurennen, denn sie hätten sie sicher bald eingeholt. Doch wenn sie auf dem Boden liegenblieb, würden sie vielleicht an ihr vorbeirasen.

Das ohrenbetäubende Gebell war nun ganz nahe. Ellen hörte, wie das Laub unter den dahinjagenden Beinen der Hunde raschelte, als sie

durch das Unterholz preschten. Doch zu ihrer großen Erleichterung rannten sie an ihr vorbei.

Ellens Herz pochte zum Zerspringen, selbst dann noch, als die Gefahr vorüber und wieder Stille im Wald eingekehrt war.

Obwohl die Dornen sie stachen, wagte sie nicht, sich zu rühren. Sie wollte hier ausharren, bis die Kobolde sie fanden.

Aber die Kobolde ließen sich nicht mehr blikken. Statt dessen hockten sie auf einem Eichenbaum, der ihre letzte Zuflucht vor den Hunden gewesen war. Sie steckten ängstlich die Köpfe zusammen und suchten fieberhaft nach einem Zauberspruch, der es möglich machte, Eicheln in Hundekekse zu verwandeln, die sie der Meute zuwerfen wollten. Auf diese Weise hofften sie, die hungrigen Tiere zu besänftigen und von sich abzulenken.

Ellen lag noch eine ganze Weile im Gebüsch und dachte nach, wie sie sich an den Kobolden rächen könnte, sollten sie ihr jemals wieder unter die Augen kommen.

Gerade als sie sich durchgerungen hatte, nun doch allein den Heimweg anzutreten – sie wollte schließlich nicht ihr Geburtstagsfest versäumen –, da fühlte sie etwas Warmes, Seidiges an ihrer

Wange. Sie drehte den Kopf auf die Seite und blickte in zwei listige Mäuseäuglein. „Rufus! Bin ich froh, daß du wieder da bist!“ flüsterte sie und kniete sich vor die Maus hin.

Rufus schnupperte lebhaft mit seinem Näschen. Er stellte sich auf die Hinterbeine und wakkelte vielsagend mit den Ohren.

„Natürlich bist du keine große Hilfe für mich“, sagte Ellen und streichelte mit dem Zeigefinger den Kopf der Maus. „Aber wenigstens bin ich nicht ganz so allein.“

Die Maus schien Ellen zuzuzwinkern. Dann piepste sie laut und bewegte den Schwanz blitzschnell im Kreis, so daß Ellen unwillkürlich an den Propeller eines Hubschraubers denken mußte.

Die Maus streckte alle vier Beine steif von sich, schlug drei Purzelbäume, zischte wie ein Feuerwerk und verschwand mit einem lauten Knall. Dafür stand Rufus vor Ellen, ein breites Grinsen im Gesicht.

Ellen wußte nicht, ob sie sich darüber freuen oder ärgern sollte. „Wie hast du denn das gemacht?“ fragte sie, baff vor Staunen, während sie sich hochrappelte und ein paar Dornen aus ihren Händen entfernte.

„Ach, das war kinderleicht", erwiderte Rufus.

„Warum hast du es dann nicht schon früher getan?" meinte Ellen vorwurfsvoll.

„Was? In einem zauberspruchsicheren Käfig?" rief Rufus. „Wenn ich darin größer geworden wäre, hätte ich mich zu Tode gequetscht!"

Rufus' lautstarke Entrüstung hatte die Aufmerksamkeit der Hunde erregt, und schon war ihr aufgeregtes Kläffen aus nächster Nähe zu hören.

Rufus ergriff Ellens Hand, und die beiden rannten, so schnell sie konnten, tiefer in den Wald hinein.

„O Schreck! Der Besen des Schulwarts!" rief Rufus. „Ich habe ihn bei Onkel Wuzo stehengelassen. Sein Häuschen ist aber nicht weit von hier. Komm mit mir, Ellen! Wir müssen uns jedoch beeilen, damit uns die Hunde nicht einholen."

Doch Ellen konnte mit Rufus nicht Schritt halten. Sie hatte nie Tabitha Arkwright sein wollen, aber jetzt fand sie, daß das gar nicht so schlecht wäre. „Ich brauche einen Tempo-Spruch", keuchte sie, während Rufus sie hinter sich herzog.

„Kein Spruch, keine Zeit, tut mir leid", rief Ru-

Wünsch Dir ein SchneiderBuch ...

Tolles Preisrätsel auf der letzten Seite!

Wir verlosen jeden Monat 100 Schneider-Bücher

... zu Weihnachten, zum Nikolaus, zum Geburtstag, zum Namenstag, für das gute Zeugnis oder einfach so – weil Lesen schön ist und Spaß macht.

Wegweiser:

SchneiderBücher gibt es bei:

Schneider-Buch

Stand 1/89, Preisänderungen vorbehalten

Lesealter

1.+2. Klasse

„Frische Fische, fünf Feigen und ein Fitzelchen Fahrradschlauch" verspeist das **ABC-Monster** an seinem F-Tag. Und das ist nur einer von 26 Tagen, an denen es Riesenhunger hat.

Keine Zahl ist vor Nummix sicher, dem 222 Jahre alten **Zahlenmonster,** und seinen Kindern sicher. Paß auf, besonders gern stibitzen sie Nummernschilder!

- Das ABC-Monster
- Das Zahlenmonster

Beide Bücher gibt es in Schreibschrift, vereinfacht Schreibschrift oder Großdruck für je **8,95/ÖS 69,-.**

Lesealter

3.+4. Klasse

Bist Du ein guter Detektiv? **Kommissar Kugelblitz** sucht helle Köpfe, die knifflige Fälle selber lösen. Ob du richtig kombiniert hast, zeigt dir die Wunderlupe.

Jeder Kommissar-Kugelblitz-Ratekrimi enthält mehrere spannende Fälle:

- Die schneeweiße Katze
- Das rosa Nilpferd
- Der schwarze Geist
- Das blaue Zimmer
- Der lila Leierkasten
- Der grüne Papagei
- Der gelbe Koffer
- Die orangefarbene Mask
- Die rote Socke

Jedes Buch mit Wunderlup **9,80/ÖS 79,-.**

ɪi uns zu Hause ist immer ıs los. Dafür sorgen **meine ɪhwester Klara und ich!** ɛulich hatten wir eine aus als Untermieter. Du ınnst dir nicht vorstellen, ɪe sich Mama aufgeregt ɪt. Und Klara weiß bis heute nicht, daß ich den Osterhasen beim Eierverstecken beobachtet habe…

Es gibt schon 13 Bücher mit unseren Streichen:
Meine Schwester Klara, ich und

- Die geschenkte Maus
- Der Osterhase
- Das Lachwürstchen
- Ihre Kochlöffel
- Die große Wanderung
- Das liebe Geld
- Ihr Geheimnis
- Der Schneemann
- Ihr Schutzengel
- Der Haifisch
- Die Pfütze
- Der Löwenschwanz
- Die Geister

Jedes Buch hat viele bunte Bilder und kostet **9,80/ ÖS 79,-.**

Vir 7 vom **Geheimbund lurmel** erleben eine Menge benteuer. Erst taucht alschgeld im Laden von acos Vater auf, dann legt mand das Schloß der chultür mit Superkleber hm. Und wir werden von en Steinen verdächtigt!

Steine? Ach so, das ist unsere Geheimsprache. Du kannst sie lernen, sie steht in unseren Büchern:

- Der Super-Kleber
- Blüten im Salat
- Feige Flucht
- Die Feuer-Vroni
- Ein heißer Fund
- 24 Hunde sind verschwunden

je **6,95/ÖS 55,-.**

Detektivgeschichten, Abenteuer, Spannun

Tommi (13), Schräubchen (12), „TH" (13) und Milli (12), das sind wir vier von der **Pizza-Bande!** Uns macht es riesigen Spaß, gemeinsam die schwierigsten Aufgaben zu lösen. Im Ferienlager haben wir es mit Säbeltigern, Mammuts und Vampiren zu tun…

Hier siehst du alle Fälle, die wir schon geknackt haben:
- Säbeltiger und Vampire
- Der grüne Fuchs
- Das Gespenst im Schaukelstuhl
- Kartoffelsalat und kalte Füße
- Pfeffer für Pistazien-Paule
- Ein Hai sitzt auf dem Trockenen
- Ein Geist mit nassen Füßen
- Tomatensuppe für den Vampir
- Hände weg von Teddybären
- Gespenster essen keinen Hering
- Spaghetti im Benzintank
- Das Paradies der Frösche
- Tragen Füchse Trainingshosen?
- Die verbeulte Erbschaft
- Der Priester mit den roten Schuhe
- Kakerlaken im Salat

je **8,95/ÖS 69,–.**

Tim Tintenklecks lebt bei dem seltsamen Professor Habakuk Tibatong und seiner Tierfamilie auf einer einsamen Insel im Meer. Eines Tages taucht ein kleiner Eisberg auf. Im Innern schimmert ein großes Ei, aus dem ein seltsames grünes Wesen schlüpft: das **Urmel!**

Und hier sind die Urmel-Bücher:
- Urmel im Vulkan
- Urmel zieht zum Pol
- Urmel spielt im Schloß
- Urmel taucht ins Meer
- Urmel fliegt ins All
- Urmel aus dem Eis

je **8,95/ÖS 69,–.**

Bei der amerikanischen Familie **Maroni** ist allerhand los. Maggi Maroni fiebert ihrem ersten Auftritt als Rodeoreiterin entgegen, Junior erkundet eine Höh während Toni und Micha eine gefährliche Floßfahr unternehmen…

- Eine Familie hält zusammen
- Junior hält alle in Atem
- Wirbel um das grüne Phantom
- Eine Mutter wie keine andere

8,95/ÖS 69,–.

Kurz vor der Nordseemün dung, wo die Elbe schon mächtig breit ist, leben di **Acht vom großen Fluß.** Hier gibt es viele Abenteu zu bestehen mit Schmugg lern, gefährlichen Frachte dunklen Gestalten… Abe auch der Alltag ist aufregend: Die Zwillinge Hei und Heiko z.B. fahren jed Tag mit dem Segelboot vo ihrer Insel zur Schule.

Alle Bände mit den Acht vom großen Fluß:
- Alarm auf dem Zollschi
- Der verdächtige LKW
- Die verschwundenen Goldmünzen
- Rote Fässer über Bord
- Feuer in der Nacht
- Das geheimnisvolle Boo
- Die unheimliche Vogelinsel
- Der abenteuerliche Fun

je **8,95/ÖS 69,–.**

- Sammelband 1 **19,80/ÖS**

Mädchenbücher

ɛchs Jahre im Leben von atja kannst du hier mitleben. Von 12 bis 17 Jahn macht sie die Höhen ıd Tiefen des Großwerɛns durch und versucht, ırkliche Freundschaften zu hließen. Manches davon ırst du selbst schon erlebt ıben.

Mit 12 fühlt man ganz anders
Mit 13 hat man täglich Ärger
Mit 14 glaubt man an die Freundschaft
Mit 15 wachsen einem Flügel
Mit 16 tanzt man ins Leben
Mit 17 setzt man auf die Liebe

7,95/ÖS 65,–.

ir Vier Waldmann-Schweern Peggy, Maria, Gaby und Daniela leben mit unserer Mutter Corinna und unserem Vater Hanno in dem alten Bauernhaus Buchenloh. Auch wenn eigentlich nur Gabi eine Tochter der Waldmanns ist – für alle vier fast gleichaltrigen Mädchen ist Corinna die beste Mutter der Welt. Und „Paps" Hanno ist mehr als ein Vater, nämlich ihr bester Freund.

Sechs Bücher gibt es von uns Waldmanns:

- Sehnsucht nach dem Süden
- Zwei auf falschen Wegen
- Wettbewerb der Herzen
- Eine Insel im Wind
- Träume hinter dem Spiegel
- Eine Straße durch das Paradies

je **8,95/ÖS 69,–.**

Aus einer kleinen zugelaufenen Katze wird ein „Familienmitglied". Janni lernt, daß es nicht genügt, ein Tier zu lieben – man muß auch Verantwortung übernehmen.

Die bisher erschienenen Piri-Bücher:

- Piri und die alte Katze
- Piri geht auf Reisen
- Piri gewinnt alle Herzen
- Piri stellt alles auf den Kopf
- Kleine Freundin Piri

je **6,95/ÖS 55,–.**

Eigentlich ist Linda ein ganz normales Mädchen... Wenn es da nicht die Tierarztpraxis ihres Vaters gäbe. In einem Tierarzt-Haushalt ohne Mutter kommt einiges auf eine 14jährige zu. Linda hat nicht nur ein riesengroßes Herz für Tiere – sie steht auch sonst ihr Mädchen.

Vier Geschichten gibt es von der Tierarztfamilie:

- Die Tierliebe siegt
- So ein Affentheater
- Hundeleben in Gefahr
- Linda wird überall gebraucht

je **8,95/ÖS 69,–.**

Pferdebücher

Seit Nell auf dem Land wohnt, verbringt sie die meiste Zeit auf dem benachbarten **Reiterhof Dreililien.** Da gibt es immer was zu erleben, und da ist auch Jörn, einer der Söhne des Gutsbesitzers! Nell erlebt die Geburt und Aufzucht des Fohlens Joringel mit der Flasche. Und der nächste Frühling bringt ihr stürmische Tage…

Die Dreililien-Bände:

- Unter dem Frühlingsmond
- Wenn der Sommer geht
- Heimweh nach den Pferden
- Eine Welt für sich
- Alte Lieder singt der Wind
- Der Sommer im Tal
- Der Frühling des Lebens
- Die Tage der Rosen
- Das Glück dieser Erde

je **9,80/ÖS 79,-.**

Johanna und ihre halbwilde Stute Biba leben im Gebiet der Pueblo-Indianer New Mexicos. Die beiden reiten oft über die Mesa in die wilden Berge. So gelangen sie eines Tages in das Gebiet des schwarzen Hengstes El Moro und begegnen dem sagenumwobenen **Wildpferd aus den roten Bergen.** Dann geschieht etwas Dramatisches…

Die Bände:

- El Moro und seine Herde
- Der Ritt durch die Schlucht
- Der Kampf mit dem Coyoten

je **8,95/ÖS 69,-.**

Polly lebt auf einem Bauernhof in Schweden. Jede freie Minute verbringt sie mit den Pferden. Dabei erlebt sie viele spannende Abenteuer. Besonders rund um die Trabrennbahn geschehen dramatische Dinge! Plötzlich ist Satan, der schwarze Traber-Hengst, verschwunden. Da macht Polly eine schlimme Entdeckung…

Alle Polly-Bände auf einen Blick:

- Polly sucht das verschwundene Pferd
- Polly und das Pferdemädchen
- Polly reitet in die Zukunft
- Gefahr auf dem Pferdeh…
- Das schönste Pferd der Welt für Polly
- Polly bekommt ein Pferd

je **7,95/ÖS 65,-.**

Alle Pferde lieben Bille. Und ihr ist kein Opfer zu groß für ihre Lieblinge. Sie steht sogar um fünf Uhr auf, um im Stall zu arbeiten. Das Pony Zottel ist ihr bester Freund. **Bille und Zottel** sind einfach unzertrennlich und erleben viele lustige und aufregende Abenteuer.

Das sind sie:
- Ein Pony auf großer Wanderung
- Das Fest der Pferde
- Frühling, Freunde, freche Fohlen
- Sensation in der Manege
- Im Hauptfach Reiten
- Im Sattel durch den Sommer
- Filmstar auf 4 Beinen
- Ein Cowboy für Bille und Zottel
- Gefahr auf der Koppel
- Ferien hoch zu Roß
- Applaus für Bille und Zottel
- ... durch dick und dünn
- Unzertrennliche Freunde
- Pferdeliebe auf den ersten Blick

je **8,95/ÖS 69,–.**
- Sammelband 1
- Sammelband 2
- Sammelband 3

je **19,80/ÖS 149,–.**
- JUBILÄUMSBAND mit allen Geschichten **29,80/ÖS 239,–.**

ücher für schlaue Köpfe

e Pflanzen- und Tierwelt Feld, Hecke, Moor und ich ist abgebildet und klärt in der Reihe **Unsere lt erkennen.** Damit läßt h eine Menge machen: gucken, benennen, fragen, tdecken, spielen und erzäh-ı. Die farbigen Leporellos) nennt man Bilderbögen m Ausklappen) kannst du rausnehmen und als ster an die Wand hängen nd jederzeit wieder fest ıheften). Auf ihrer Rück-te stehen viele interessan-Informationen über die ere und Pflanzen. Auf der nenseite des Buchdeckels dest du ein lustiges ürfelspiel zum Thema.

ese Bände gibt es:
ebendiges Feld
ebendige Hecke
- Lebendiger Teich
- Lebendiges Moor

je **9,80/ÖS 79,–.**

SchneiderLexika sind Leckerbissen für Wissensdurstige und ideal für Schüler! Es ist besser, sie nicht herumliegen zu lassen. Meistens dauert es nämlich nicht lange, bis ein Erwachsener sich darin festgelesen hat, und dann hast du dein schönes dickes Lexikon für eine Weile gesehen!

Such dir deine Lieblingsthemen aus:
- Fußball A–Z **24,80/ÖS 199,–.**
- Jugendlexikon A–Z **24,80/ÖS 199,–.**
- Pferde A–Z **24,80/ÖS 199,–.**
- Sport A–Z **29,80/ÖS 239,–.**

Weitere Schneider-Lexika:
- Das Grüne Lexikon (Umweltschutz) **24,80/ÖS 199,–.**
- Hunde A–Z **19,80/ÖS 149,–**
- Katzen A–Z **19,80/ÖS 149,–.**
- Motorrad A–Z **24,80/ÖS 199,–.**
- Musik A–Z **24,80/ÖS 199,–.**
- Physik A–Z **29,80/ÖS 239,–.**
- Rock & Pop A–Z **29,80/ÖS 239,–.**
- Seefahrt A–Z **29,80/ÖS 239,–.**

Wunschzettel ☒

Liebe/r ______________________ Diese SchneiderBücher wünsche ich mir von I

Ursel Scheffler:
- ☐ Das ABC-Monster
- ☐ Das Zahlenmonster

Kommissar Kugelblitz-Ratekrimis (mit Wunderlupe)
- ☐ Die schneeweiße Katze Bd. 9
- ☐ Das rosa Nilpferd Bd. 8
- ☐ Der schwarze Geist Bd. 7
- ☐ Das blaue Zimmer Bd. 6
- ☐ Der lila Leierkasten Bd. 5
- ☐ Der grüne Papagei Bd. 4
- ☐ Der gelbe Koffer Bd. 3
- ☐ Die orangefarb. Maske Bd. 2
- ☐ Die rote Socke Bd. 1

Dimiter Inkiow
Meine Schwester Klara und
- ☐ Die geschenkte Maus Bd. 13
- ☐ Der Osterhase Bd. 12
- ☐ Das Lachwürstchen Bd. 11
- ☐ Ihre Kochlöffel Bd. 10
- ☐ Die große Wanderung Bd. 9
- ☐ Das liebe Geld Bd. 8
- ☐ Ihr Geheimnis Bd. 7
- ☐ Der Schneemann Bd. 6
- ☐ Ihr Schutzengel Bd. 5
- ☐ Der Haifisch Bd. 4
- ☐ Die Pfütze Bd. 3
- ☐ Der Löwenschwanz Bd. 2
- ☐ Die Geister Bd. 1

Dirk Walbrecker:
Geheimbund Murmel
- ☐ Der Super-Kleber Bd. 6
- ☐ Blüten im Salat Bd. 5
- ☐ Feige Flucht Bd. 4
- ☐ Die Feuer-Vroni Bd. 3
- ☐ Ein heißer Fund Bd. 2
- ☐ 24 Hunde sind verschw. Bd. 1

Die Pizza-Bande
- ☐ Säbeltiger und Vampire Bd. 16
- ☐ Der grüne Fuchs Bd. 15
- ☐ Das Gespenst i. Schau. Bd. 14
- ☐ Kartoffels. u. kalte Füße Bd. 13
- ☐ Pfeffer f. Pistazien-Paule Bd. 12
- ☐ E. Hai sitzt a. d. Trocke. Bd. 11
- ☐ E. Geist m. nass. Füßen Bd. 10
- ☐ Tomatensup. f. Vampire Bd. 9
- ☐ Hände weg von Teddyb. Bd. 8
- ☐ Gespenst.essen k. Hering Bd. 7
- ☐ Spaghetti i. Benzintank Bd. 6
- ☐ D. Paradies d. Frösche Bd. 5
- ☐ Trag. Füchse Trainingsh. Bd. 4
- ☐ D. verbeulte Erbschaft Bd. 3
- ☐ D. Priester m. d. r. Schuh. Bd. 2
- ☐ Kakerlaken im Salat Bd. 1

Max Kruse:
Urmel
- ☐ Urmel im Vulkan Bd. 6
- ☐ Urmel zieht zum Pol Bd. 5
- ☐ Urmel spielt i. Schloß Bd. 4
- ☐ Urmel taucht ins Meer Bd. 3
- ☐ Urmel fliegt ins All Bd. 2
- ☐ Urmel aus dem Eis Bd. 1

Betsy Byars:
Die Maronis
- ☐ E. Familie hält zusam. Bd. 1
- ☐ Junior hält alle in Atem Bd. 2
- ☐ Wirbel u. d. gr. Phantom Bd. 3
- ☐ E. Mutter wie keine and. Bd. 4

Gabriele Kuhnke:
Die Acht vom großen Fluß
- ☐ Alarm a. d. Zollschiff Bd. 8
- ☐ Der verdächtige LKW Bd. 7
- ☐ D. verschwund. Goldm. Bd. 6
- ☐ Rote Fässer über Bord Bd. 5
- ☐ Feuer in der Nacht Bd. 4
- ☐ D. geheimnisv. Boot Bd. 3
- ☐ D. unheiml. Vogelinsel Bd. 2
- ☐ D. abenteuerl. Fund Bd. 1
- ☐ Sammelband 1

Tina Caspari:
- ☑ Mit 12 fühlt man ganz anders
- ☐ Mit 13 hat man täglich Ärger
- ☐ Mit 14 gl. man a. d. Freundsch.
- ☐ Mit 15 wachsen einem Flügel
- ☐ Mit 16 tanzt man ins Leben
- ☐ Mit 17 setzt man auf die Liebe

Elke Müller-Mees:
Wir Vier
- ☐ Sehnsucht n. d. Süden Bd. 6
- ☐ Zwei auf falsch. Wegen Bd. 5
- ☐ Wettbewerb der Herzen Bd. 4
- ☐ Eine Insel im Wind Bd. 3
- ☐ Träume h. d. Spiegel Bd. 2
- ☐ E. Straße d. d. Paradies Bd. 1

Tina Caspari:
Piri
- ☐ Piri und die alte Katze Bd. 5
- ☐ Piri geht auf Reisen Bd. 4
- ☐ Piri gewinnt a. Herzen Bd. 3
- ☐ Piri stellt alles a. d. Kopf Bd. 2
- ☐ Kleine Freundin Piri Bd. 1

Virginia Vail:
Tierarztpraxis Birkenallee 7
- ☐ Die Tierliebe siegt Bd. 4
- ☐ So ein Affentheater Bd. 3
- ☐ Hundeleben in Gefahr Bd. 2
- ☐ Linda wird überall gebr. Bd. 1

Ursula Isbel:
Reiterhof Dreililien
- ☐ U. d. Frühlingsmond Bd. 9
- ☐ Wenn d. Sommer geht Bd. 8
- ☐ Heimweh n. d. Pferden Bd. 7
- ☐ Eine Welt für sich Bd. 6
- ☐ Alte Lied. singt d. Wind Bd. 5
- ☐ Der Sommer im Tal Bd. 4
- ☐ D. Frühling d. Lebens Bd. 3
- ☐ Die Tage der Rosen Bd. 2
- ☐ Das Glück dieser Erde Bd. 1

Andrea Pabel:
D. Wildpferd a. d. rot. Bergen
- ☐ El Moro u. seine Herde Bd. 3
- ☐ D. Ritt d. d. Schlucht Bd. 2
- ☐ D. Kampf m. d. Coyoten Bd. 1

Thea Oljelund:
Polly
- ☐ Polly sucht das verschwund. Pferd E
- ☐ Polly u. d. Pferdemäd. E
- ☐ Polly reitet i. d. Zukunft E
- ☐ Gefahr a. d. Pferdehof F
- ☐ D. schönst. Pferde d. W. E
- ☐ Polly bekommt e. Pferd E

Tina Caspari:
Bille und Zottel
- ☐ E. Pony a. gr. Wanderung E
- ☐ Das Fest der Pferde E
- ☐ Frühl., Freunde, fr. Fohl. E
- ☐ Sensation i. d. Manege E
- ☐ Im Hauptfach Reiten E
- ☐ I. Sattel d. d. Sommer E
- ☐ Filmstar mit 4 Beinen E
- ☐ E. Cowboy f. Bille u. Zot. E
- ☐ Gefahr a. d. Pferdekop. E
- ☐ Ferien hoch zu Roß E
- ☐ Applaus f. Bille u. Zottel E
- ☐ … durch dick u. dünn E
- ☐ Unzertrennl. Freunde E
- ☐ Pferdeliebe a. d. e. Blick E
- ☐ Sammelband 1
- ☐ Sammelband 2
- ☐ Sammelband 3
- ☐ Jubiläumsbd. m. all. Gesch

Unsere Welt erkennen
- ☐ Lebendiges Feld
- ☐ Lebendige Hecke
- ☐ Lebendiger Teich
- ☐ Lebendiges Moor

SchneiderLexika
- ☐ Fußball A-Z
- ☐ Jugendlexikon A-Z
- ☐ Pferde A-Z
- ☐ Sport A-Z
- ☐ Das grüne Lexikon
- ☐ Hunde A-Z
- ☐ Katzen A-Z
- ☐ Motorrad A-Z

Das große SchneiderPreisrätsel

Jeden Monat 100 SchneiderBücher zu gewinnen!

Mach mit! In diesem Prospekt sind auf jeder Seite einige Buchstaben rot gedruckt. Finde si und setze sie dann in der richtigen Reihenfolge im Lösungsabschnitt unten ein. Kleine Hilf Der Lösungsspruch sagt, was viele Kinder über SchneiderBücher denken. Vergiß nicht, dei Adresse und dein Alter anzugeben. Also los, wir drücken die Daumen und wünschen viel Glück!

Schicke den Lösungsabschnitt bitte an den Franz Schneider Verlag, Frankfurter Ring 150, D-8000 München 40

Mein Lösungsspruch:
SchneiderBücher sind LESEWUNDER

Iva | Grubišić
Vorname | Name

Nedderrader alle 7
Straße

3012 | Langenhagen
Postleitzahl | Ort

Alter: 12

fus und beschleunigte seine Schritte. „Das ist ein gutes Training für deinen Wettlauf heute“, meinte er.

„Rufus, ich kann nicht mehr“, stöhnte Ellen und rang nach Luft.

Doch Rufus zog sie ungeduldig durch Brennnesselgestrüpp und Dornensträucher. „Du könntest etwas wie *renne, flitze, rase* sagen“, schlug er Ellen vor. „Wir sind schließlich im Geisterwald. Vielleicht hast du Glück. Versuch es doch mal.“

„*Renne, flitze, rase,*
schneller als ein Hase,
aber fall nicht auf die Nase!“

sagte Ellen.

Die Hunde kamen immer näher.

Als sie Onkel Wuzos Häuschen zwischen den Bäumen hervorschauen sahen, ließ Rufus Ellen stehen und rannte voraus, um den Besen des Schulwarts zu holen. An seinen Borsten hing noch Ellens Plastiktüte mit den Turnsachen.

„Beeil dich!“ rief Rufus ihr zu.

Ellen stolperte und fiel hin. Aber sie war gleich wieder auf den Beinen und kämpfte sich tapfer vorwärts.

7 9942-8

„*Renne, flitze, rase!*“ sagte sie immer wieder vor sich hin, in der Hoffnung, auf diese Weise rascher voranzukommen.

Rufus wartete bereits mit dem Besen auf sie. Sie schwang sich hinter ihn auf den Besenstiel und hielt sich an seinem Rücken fest.

Die Hunde waren nur noch wenige Meter von ihnen entfernt. Rufus fand ein wenig Waschpulver in seiner Hosentasche. Er warf es den Tieren zu. Dadurch gewannen sie wertvolle Minuten, denn die Meute beschnupperte neugierig das Pulver.

> „*Im Geisterwald die Hexe lacht,*
> *wenn der Besen einen Salto macht,*
> *wenn er pfeilschnell gen Himmel saust,*
> *daß es nur so zischt und braust*“,

sagte Rufus mit lauter Stimme. Und schon begann der Besen zu beben.

Gerade als die Hunde auf sie zusprangen, bäumte sich der Besen auf, mit einem Geräusch, das an das Brüllen eines Löwen erinnerte. Dann schoß er pfeilgerade in die Höhe und ließ eine dichte Rauchwolke hinter sich zurück.

Doch einem der Hunde gelang es trotzdem, nach der Plastiktüte zu schnappen, die an dem

Besen hing, und seine Zähne zerrten so lange daran, bis einer der Handgriffe riß.

„Was ist in diesem Beutel?“ fragte Ellen.

„Dein Turnzeug“, antwortete Rufus.

„Ach, du meine Güte!“ rief Ellen. „Was für ein Glück, daß wir es nicht verloren haben!“

Als der Besen an den Bäumen vorbeiflog, verfing sich der zweite Griff des Plastikbeutels in einem Ast und riß. Der Beutel flog durch das Geäst, scheuchte Fledermäuse und Nachteulen auf und schreckte Eichkätzchen aus dem Schlaf. Er landete genau dort, wo die Hunde der Grimmigen

Grapschapfel lauerten. Sie beschnüffelten ihn sofort, in der Hoffnung, etwas Eßbares darin zu finden.

Die Kauzige Hannah stürzte aus Onkel Wuzos Häuschen und rief: „Rufus, warst du das und das Kind aus der wirklichen Welt?“

Aber Rufus und Ellen waren schon außer Hörweite.

„Scht!“ schrie die Kaminhexe die Hunde an, die laut knurrend und schnüffelnd über Ellens Turnsachen herfielen. Doch als die Kauzige Hannah ihnen in die Augen blickte, setzten sie sich artig in einem Kreis nieder.

„Ihr seid doch die Katzen der Grimmigen Grapschapfel, nicht wahr?“ sagte die Kaminhexe zu den Hunden, die sie verdattert ansahen. „Beim allmächtigen Zaubermeister!“ rief die Hexe und schüttelte den Kopf. „Was hatte das Kind aus der wirklichen Welt noch zu so später Stunde hier zu suchen?“ fragte sie sich und streichelte die Hunde, bis sie laut zu schnurren begannen.

Rufus brachte Ellen rechtzeitig nach Hause. Ihre Eltern schliefen noch, als sie durch Ellens Fenster flogen und auf dem Bett landeten.

Ellen stieg von dem Besen herunter und lehnte

sich an das Micky-Maus-Kissen. Sie freute sich auf ihren Geburtstag und war froh darüber, daß alles noch einmal gut ausgegangen war.

Rufus sprang von dem Bett herunter und stellte sich neben den Besen des Schulwarts, der, mit den Borsten nach oben, an den Kamin gelehnt war. Er reckte sich und gähnte laut wie ein Seelöwe.

„Rufus, sieh doch!“ rief Ellen. Sie verspürte plötzlich ein Gefühl, als wollte sie von einer Schaukel in einen Heuhaufen springen, der plötzlich verschwunden war. Ihre gute Laune war wie weggeblasen.

„Was?“ fragte Rufus.

„Die Plastiktüte“, sagte Ellen.

„Ja?“ sagte Rufus.

„Sie ist weg!“

„Ja, sie ist im Geisterwald hinuntergefallen. Ich glaube, die Hunde haben sie sich geschnappt.“

Ellen glaubte sich verhört zu haben. „Aber mein Turnzeug!“ rief sie.

„Pssst! Du weckst ja deine Eltern auf!“ sagte Rufus.

„Ich habe heute Geburtstag“, fuhr Ellen fort, ohne die Stimme zu senken. „Ich mache mit bei der Leichtathletik-Meisterschaft, und du hast meine Turnsachen im Geisterwald verloren!“

„Ich habe sie nicht verloren“, verteidigte Rufus sich. „Sie sind hinuntergefallen.“

„Du mußt in den Wald zurück und sie holen!“ rief Ellen.

„Kommt nicht in Frage!“ Rufus schauderte es schon bei dem Gedanken daran. „Nein, keine zehn Pferde bringen mich noch einmal dorthin. Das ist viel zu gefährlich.“

„Ich bin auch hingegangen, als du eine Maus warst“, sagte Ellen.

„Das ist etwas anderes“, meinte Rufus.

„Ich habe im Kartenzimmer aufgeräumt, weil du den Unterricht gestört hast“, erinnerte Ellen ihn.

„Das ist was anderes“, sagte Rufus wieder.

„Und warum?“ fragte Ellen.

„Ich gehe nicht in den Wald zurück, und damit basta!“ schrie Rufus.

Ellen sprang in ihr Bett und zog sich die Daunendecke über das Gesicht. „Hau ab!“ brüllte sie. „Ich will dich nicht mehr sehen.“

Rufus wollte gehen, doch dann überlegte er es sich anders. Noch nie hatte Ellen ihn so angeschrien. Andere hatten das zwar schon oft getan, aber das hatte ihm nichts ausgemacht. Doch Ellen sollte auf keinen Fall auf der Liste derer stehen, die schon einmal wütend auf ihn waren. Diese Liste war ohnedies schon lang genug.

Laut seufzend griff er mit der einen Hand nach dem Besen und mit der anderen nach der Fahrradpumpe. Er seufzte noch einmal und diesmal besonders laut. Dann meinte er: „Nun gut, wenn du dich so aufführst, dann werde ich deine Sachen suchen gehen. Aber ich kann dir nichts versprechen, es ist schließlich eine riskante Angelegenheit."

Ellen kreuzte die Finger unter der Bettdecke. Sie wollte auf keinen Fall zu zuversichtlich sein und Rufus zu sehr vertrauen. „Der Schulbus fährt um Viertel nach neun ab", sagte sie, und ihre Stimme klang wieder gefaßt. „Ich warte vor der Schule auf dich. Aber komm ja nicht zu spät!"

Rufus dachte, wenn er schon ein Held sein müsse, dann wolle er sich auch heldenhaft gebärden. So schwang er die Fahrradpumpe wie ein Ritter das Schwert, sprang auf die Fensterbank und rief mit lauter Stimme:

„Mit Köpfchen, Mut und Glück,
bring ich Ellens Turnzeug rasch zurück."

Dann setzte er sich rittlings auf den Besenstiel und fuhr fort:

„Das wäre doch zum Lachen,
fänd' ich nicht deine Sachen!“

Rufus wurde immer übermütiger.

„Mit der Fahrradpumpe schlag' ich zu,
geben die Hunde keine Ruh.“

Er suchte nach dem Zauberpulver und sagte:

„Mit Wuzos Hilfe wird's gelingen,
den Hüttenkäse wegzubringen.“

Dann schwieg er eine Weile und suchte weiter in seinen Hosentaschen nach etwas Zauberpulver. Er fand noch eine kleine Handvoll purpurrotes Pulver, das er mit wilden Handbewegungen verstreute. Anschließend klopfte er mit der Fahrradpumpe auf Ellens Daunendecke.

Der Besen begann zu zittern, und eine dichte Rauchwolke hinter sich herziehend, sauste er durch das offene Fenster.

Ellen hörte noch einen lauten Knall, und dann war der Spuk vorüber. Sie saß wie versteinert auf dem Bett.

Der Wind heulte um das Haus herum, und aus weiter Ferne drang Rufus' Stimme an ihr Ohr:

„Mit Wuzos Hilfe wird's gelingen,
den Hüttenkäse wegzubringen.
Liebe Ellen, gute Nacht,
du hast deine Sache gut gemacht."

Auf nach Eardington!

Am nächsten Morgen stand Ellen pünktlich um neun Uhr vor der Schule. Der Bus, der die Teilnehmer an der Leichtathletik-Meisterschaft nach Eardington bringen sollte, wartete bereits auf dem Parkplatz.

Tabitha Arkwright machte vor der Umkleidekabine der Mädchen ein paar Liegestütze.

Sie trug einen nagelneuen Trainingsanzug, auf den sie viele bunte Achten genäht hatte. In einem ebenso brandneuen Turnbeutel hatte sie ihr T-Shirt mit der Startnummer acht, ihre Shorts und die Turnschuhe verstaut.

Ellen hatte Jeans und Sandalen an. Sie hoffte inständig, Rufus möge rechtzeitig mit ihren Turnsachen eintreffen.

Die ersten Kinder kletterten in den Bus. Ellen wartete noch mit dem Einsteigen.

„Guten Morgen, Ellen“, hörte sie plötzlich Herrn Box’ Stimme neben sich.

„Guten Morgen“, sagte Ellen.

„Du hast hoffentlich an deine Turnsachen gedacht“, sagte der Sportlehrer.

Ellen murmelte ein undeutliches Ja, denn sie hatte daran gedacht und sie nicht vergessen. Sie waren halt nur mal im Geisterwald vom Besen gefallen ...

„Wollen Sie nicht kontrollieren, ob auch alle ihr Turnzeug dabeihaben, Herr Box?“ fragte Tabitha Arkwright und warf dabei Ellen einen hämischen Blick zu.

„Ja, warum nicht“, meinte der Lehrer. „Ich möchte nicht, daß jemand ohne Turnsachen in Eardington dasteht.“

Jeder, der in den Bus stieg, mußte Herrn Box seine Turnschuhe, die Shorts und das T-Shirt mit der Startnummer zeigen. Jeder, mit Ausnahme von Ellen, die sich als letzte in der Reihe angestellt hatte und unruhig nach Rufus Ausschau hielt. Ihre Augen wanderten über den Sportplatz, zum Himmel empor, auf die Bäume und zum Dach der Schule.

Wo mochte Rufus bloß sein? fragte sie sich. Was tat er nur? Sie hoffte, daß er nicht schon wieder in einem Käfig steckte oder von den Hunden angefallen worden war.

„Und wo sind deine Turnsachen?“ fragte Herr Box, der schon wieder neben ihr stand.

„Sie kommen gleich“, sagte Ellen.

„Du meinst, sie kommen vielleicht“, meinte Herr Box. „Aber wenn sie jetzt noch nicht da sind, ist es bereits zu spät.“

„Ich weiß“, murmelte Ellen und nagte an ihrer Unterlippe.

„Willst du ohne deine Sachen mitkommen?“ fragte der Sportlehrer. „In diesem Fall kannst du aber nicht an der Meisterschaft teilnehmen. Oder willst du lieber hierbleiben und noch warten? Wir fahren pünktlich um Viertel nach neun ab, mit dir oder ohne dich.“

„Ich möchte noch warten“, murmelte Ellen und blickte auf ihre Sandalen hinunter.

Dann setzte sie sich auf den Pfosten des Parkplatztores, von wo sie den Himmel und die Straße besser überblicken konnte.

Pünktlich um Viertel nach neun ließ der Fahrer den Motor an. Ellen konnte es nicht mit ansehen, wie der Bus ohne sie abfuhr. Sie wandte sich ab und hörte, wie er langsam durch das Tor des Parkplatzes fuhr.

Jetzt konnte sie Eardington vergessen. Sie sprang von dem Pfosten herunter und stieß wütend mit dem Fuß dagegen, so daß ein Stück von einem Ziegelstein herausbrach und ihr auf die große Zehe fiel.

„Wen kümmert das schon?“ dachte sie. „Wen kümmert es, ob ich eine gebrochene Zehe habe oder einen abgebrochenen Zahn?“ Sie brauchte heute ohnedies nicht mehr zu laufen. Vielleicht würde sie nie wieder laufen.

In diesem Augenblick hörte sie eine Stimme hinter sich sagen: „Uff! Ich dachte schon, ich würde es nicht mehr schaffen.“

„Hast du auch nicht“, schnauzte Ellen Rufus an, ohne ihn eines Blickes zu würdigen. Dann rannte sie über den Sportplatz auf die Schule zu.

Als sie vor der Tür ihres Klassenzimmers stand, hörte sie dahinter Fräulein Pinn sagen: „Setzt euch, Kinder. Heute wollen wir eine Rechenarbeit schreiben."

Ellen drehte sich um, denn sie hörte Schritte auf sich zukommen. Rufus kam angerannt.

„Du mußt draußen bleiben", fauchte sie. „Wir schreiben eine Rechenarbeit, was dir sicher keinen Spaß machen würde."

„Ich will gar nicht in die Klasse gehen", sagte Rufus. „Und du gehst auch nicht hinein."

„Ich muß aber", sagte Ellen, „weil ich nicht bei der Leichtathletik-Meisterschaft mitmache."

„Aber du machst mit", widersprach Rufus ihr.

„Wie denn?" meinte Ellen.

„Du hast keinen Grund ..."

„Keinen Grund?" fiel Ellen ihm ins Wort. „Ich habe keine Shorts, kein T-Shirt, keine Turnschuhe. Wenn das kein Grund ist!"

„Du kannst wirklich eine Spielverderberin sein", meinte Rufus. „Hast du was gegen meinen Besen? Mit dem zu fliegen macht doch weitaus mehr Spaß, als mit dem Bus zu fahren. Ich habe auch deine Turnsachen dabei. Du wirst sehen, du kommst noch rechtzeitig zu deinem 400-Meter-Lauf."

„Nein“, sagte Ellen entschieden und schwor sich, nie wieder ja zu Rufus zu sagen.

„Nun gut, dann werde ich eben gehen“, meinte Rufus und zuckte mit den Schultern. Gleich darauf entfernte er sich mit Riesensprüngen und ein paar Purzelbäumen.

Ellen klopfte an die Tür des Klassenzimmers.

„Herein!“ rief Fräulein Pinn.

Doch Ellen rührte sich nicht.

„Herein!“ rief die Lehrerin noch einmal.

Ellen rührte sich wieder nicht. Da huschte ein Lächeln über ihr Gesicht. Sie schaute zu ihren Sandalen hinunter und lachte still in sich hinein. Dann kehrte sie der Tür den Rücken und rannte, so schnell sie konnte, den Gang entlang.

Auf dem Sportgelände hatte sie Rufus eingeholt. Sie stand neben ihm und stupste mit dem Fuß einen Stein vor sich hin. Die große Zehe tat kaum noch weh; offensichtlich war sie nicht gebrochen.

„Nun gut“, sagte sie zu Rufus, „ich werde mit dir kommen. Aber das ist das letzte Mal, daß ich mich von dir zu etwas überreden lasse ...“

Gleich darauf flogen sie auf dem Besen durch die Luft. Ellen hatte das Gefühl zu träumen. Ihre Turnsachen lagen in einer neuen Plastiktüte, die

an dem Besenstiel befestigt war. Der Zauberspruch, den Rufus aufgesagt hatte, handelte vom alten Hexenvolk, vom Niesen und von Raketen.

Der Besen hatte sich daraufhin mit einem ohrenbetäubenden Getöse in die Luft erhoben. Aber als er dann die gewünschte Höhe erreicht hatte, bewegte er sich gleichmäßig weiter wie eine Rolltreppe, reibungslos wie ein Aufzug und lautlos wie ein Heißluftballon.

Als Rufus und Ellen die Stadt unter sich zurückgelassen hatten, flogen sie über sanfte Hügel, Wiesen und Felder. Es war der Tag vor der Mittsommernacht, und es knisterte geheimnisvoll in der Luft.

Dann erblickten sie einen großen Wald, und Ellen dachte, daß es der Geisterwald sei. Sie beugte sich vor, um die Hütten darin besser sehen zu können. In einer Lichtung entdeckte sie ein Häuschen mit einem Strohdach, das aussah, als wäre Käse darüber gestreut. Im Garten liefen Hunde herum, und auf dem Schornstein lag eine Katze.

Ellen versuchte mit einer Hand ihre Haare zu bändigen, die der Fahrtwind durcheinanderwirbelte, und mit der anderen tippte sie Rufus auf die Schulter. „Warum hast du denn so lange gebraucht, um meine Turnsachen zu holen?“ fragte sie ihn. „Haben dich die Hunde angegriffen?“

„Ich will lieber nicht mehr daran denken“, sagte Rufus. Und Ellen bewunderte seinen Mut.

Rufus steuerte den Besen, und deshalb konnte er Ellen jetzt nicht erzählen, daß die Hunde bereits wieder Katzen waren, als er in den Geisterwald zurückkam, und daß es ein Kinderspiel gewesen sei, die Turnsachen zu finden. Schwierig war nur gewesen, seiner Mutter zu entwischen. Die Kauzige Hannah hatte sich nämlich geschworen, ihn bis zur Mittsommernacht nicht mehr aus den Augen zu lassen.

„Hat Onkel Wuzo dir geholfen, den Käse von der Hütte der Grimmigen Grapschapfel wegzuzaubern?“ erkundigte sich Ellen.

Rufus deutete mit dem Daumen nach oben,

8 9942-8

und Ellen lachte erleichtert. „Ich werde also bei der Leichtathletik-Meisterschaft mitmachen, und du wirst die Mittsommernacht im Geisterwald verbringen“, sagte sie.

„Ja“, meinte Rufus. „Paß auf!“

Der Besen sauste in die Tiefe, nahe an die Baumkronen heran.

Ellen erblickte ein Häuschen, das aussah wie das von Onkel Wuzo.

Die Kauzige Hannah war gerade dabei, im Garten Wäsche zum Trocknen aufzuhängen. Sie blickte zu ihnen hinauf und schien zu winken, aber in Wirklichkeit schwang sie drohend die Faust.

„Ich bin gleich zurück!“ rief Rufus ihr zu und lenkte den Besen in Richtung Norden, auf Eardington zu.

Als sie wieder hoch oben am Himmel flogen, tippte Ellen noch einmal auf Rufus' Schulter. „Was ist mit dem Tempo-Spruch?“ fragte sie ungeduldig.

Aber Rufus sah gerade einen Schwarm Vögel vor sich und mußte einen Looping drehen, um ihnen auszuweichen. Dann flog ein Hubschrauber an ihnen vorbei, und schließlich kreuzten sie einen Drachen, dessen langer Schwanz sich bei nahe in dem Besenstiel verfangen hätte. Rufus mußte sich die ganze Zeit auf den Flug konzentrieren, um allen Gefahren auszuweichen. Endlich flogen sie über den Sportplatz von Eardington.

Innerhalb der grauen Aschenbahn erstreckte sich eine Grünfläche, und um die Bahn herum zog sich die vollbesetzte Zuschauertribüne.

Der Wettlauf

Ellen fieberte vor Aufregung, als sie auf dem Parkplatz des Sportgeländes zur Landung ansetzten. Sie kletterte von dem Besen herunter und sah sich neugierig um.

Rufus gähnte laut wie eine hungrige Hyäne. „Ja, dann werde ich dich jetzt also verlassen", sagte er.

„Und was ist mit dem Tempo-Spruch?" hakte Ellen nach. Doch Rufus war schon startbereit. Er gähnte wieder. Gleich darauf stieg er mit dem Besen steil in die Luft und ließ eine große Rauchwolke hinter sich zurück. Er flog direkt zum Geisterwald, wo er sich bei Onkel Wuzo gründlich ausschlafen wollte, um in der Mittsommernacht munter zu sein.

Ellen zog sich rasch um und lief zu ihrer Mannschaft, die schon auf dem Rasen innerhalb der Aschenbahn stand.

Herr Box sah Ellen erstaunt an und wunderte sich, wie sie so schnell hierher gekommen war, da der Bus ohne sie abgefahren war.

Tabitha schickte ihr einen finsteren Blick zu und warf ihren Trainingsanzug wütend auf den Boden. Dann machte sie ein paar Liegestütze und Kniebeugen, bevor sie sich auf der Aschenbahn zum Start aufstellte.

Auch Ellen nahm ihren Platz ein. Sie war gerade noch rechtzeitig erschienen. Sie schmunzelte, denn sie stand wieder neben Tabitha.

„Na, hast du auch diesmal einen Käfer auf deiner Socke?" spottete Tabitha.

„Nein", erwiderte Ellen.

„Dann hast du keine Chance gegen mich", sagte Tabitha. „Ich laufe schneller als du."

Ellen wußte das auch, aber es störte sie nicht. Die Hauptsache war, daß sie an dem Wettlauf teilnahm.

„Seid ihr bereit?" fragte der Sportlehrer und gab den Startschuß.

Die Mädchen rannten los. Tabitha war gleich an der Spitze, und Ellen blieb immer weiter zurück. Sie fühlte sich schlapp, und ihr war, als würde sie Steine mit sich herumschleppen. Sie führte ihre Müdigkeit auf die durchwachte Nacht zurück.

Alle – nicht nur Tabitha – waren schneller als sie. Ellen versuchte krampfhaft, gegen ihre erlahmenden Kräfte anzukämpfen. Sie lag noch immer an letzter Stelle. Ein Mädchen aus der Parallelklasse, das die Startnummer zwölf hatte, rannte genau vor ihr.

„Was war das bloß, was ich im Geisterwald vor mich hin gesagt habe?" überlegte Ellen. *„Renne, flitze, rase* ... Ja, das war es. *„Schneller als ein Hase, aber fall nicht auf die Nase"*, murmelte sie leise. Dann wiederholte sie den Spruch mehrere Male. Sie hoffte, durch ihn mehr Kraft zu bekommen, damit sie die Nummer zwölf überholen konnte und nicht als letzte ins Ziel einlief.

Es schien tatsächlich zu funktionieren, denn plötzlich sprintete sie davon – wie jemand, der mit dem Fahrrad mühsam einen Hügel erklommen hat und dann bergab saust. Sie fühlte sich plötzlich schwerelos und überholte die Nummer zwölf, dann die vierzehn und schließlich die Startnummer drei. Sie stürmte davon wie ein Blatt, das der Sturm vor sich hertreibt. Ellen überholte die Nummer sechs, die eins und dann noch die zwei. Und ohne es zu wissen, hatte sie nun auch die Startnummer acht, also Tabitha Arkwright, eingeholt. Der Abstand zwischen ihr und den anderen wurde immer größer, obwohl Ellen von Rufus keinen Tempo-Spruch bekommen hatte und sie die halbe Nacht im Geisterwald verbracht hatte und auf dem fliegenden Besen zu den Meisterschaften gekommen war. Sie nahm aber an, daß noch Zauberkräfte in ihr stecken mußten.

„Renne, flitze, rase,
schneller als ein Hase,
aber fall nicht auf die Nase!"

murmelte Ellen immer wieder vor sich hin und stellte sich dabei vor, daß ein Rudel hungrige Hunde hinter ihr her sei. Das trieb sie noch mehr an, und schon rannte sie Schulter an Schulter neben Tabitha dem Ziel entgegen, das nur noch wenige Meter vor ihr lag.

Sie warf einen flüchtigen Blick zum Himmel hinauf. Er war tiefblau und übersät mit kreisenden Punkten. Vielleicht waren es nur Punkte vor ihren Augen, aber es konnten auch Kobolde oder Gnome sein. Ellen meinte, auch einen fliegenden Besen zu sehen, aber vielleicht täuschte sie sich auch.

Dann konzentrierte Ellen sich wieder auf das Rennen. Schon lag das Ziel vor ihr, und sie rannte hindurch, warf die Arme in die Luft und lachte triumphierend. Sie lief noch ein paar Meter weiter, bis sie zum Stehen kam. Sie keuchte vor Erschöpfung, reckte sich und blickte dann zur Zuschauertribüne hinauf. Erst jetzt hörte sie den stürmischen Beifall. Der Ausgang des Rennens war unglaublich spannend gewesen.

„Bravo, Ellen!“ rief man ihr zu.

„Großartig!“

„Das war eine Superleistung!“

„Wer wurde Erste?“

„Tabitha.“

„Nein, Ellen!“

„Das glaube ich nicht.“

„Wer denn?“

Tabitha lag auf dem Boden und streckte die Beine in die Luft. Noch nie hatte sie sich bei einem Wettlauf so anstrengen müssen. Ellen wußte nicht, wer das Rennen gewonnen hatte, sie wußte nur, daß es einmalig gewesen war. Sie nahm an den Mittsommernacht-Leichtathletik-Meisterschaften teil. Alle waren gut gelaunt. Sie hatte Geburtstag und fühlte sich fabelhaft. Ihre Eltern saßen auf der Zuschauertribüne und freuten sich mit ihr. Sie waren gekommen, um ihr beim Wettlauf zuzuschauen, und sie hatten sie ihre Bestzeit laufen sehen.

„Ich habe nicht gewußt, daß du so schnell rennen kannst", sagte ihr Vater, als Ellen später auf die Zuschauertribüne Platz genommen hatte.

„Ich habe ja auch fleißig trainiert", meinte Ellen, die nun wieder Jeans, T-Shirt und Sandalen trug.

„Wann?" wollte ihre Mutter wissen. „In der Schule?"

„Nein", sagte Ellen, „in der Nacht."

„Wie bitte?" fragte ihre Mutter.

Toby kicherte und sprang auf seinem Platz auf und ab wie ein übermütiger Kobold.

Dann kam auch Richard vom Sportplatz zu ihnen herauf und setzte sich neben sie. „Du warst einsame Spitze", sagte er zu Ellen. „Ich habe

nicht gewußt, daß du so schnell laufen kannst."
Ellen lächelte.

„Hier, dein Geburtstagsgeschenk", sagte Richard. „Wir haben alle unser Geld zusammengelegt, damit du was Schönes bekommst." Er reichte ihr ein großes Paket aus gestreiftem Papier, das mit einer bunten Schleife zugebunden war. Sie war rot-blau getupft ...

„Ich hätte es dir eigentlich schon am Sonntag geben sollen. Du hast sicher angenommen, daß ich deinen Geburtstag vergessen habe."

„Nein, ganz gewiß nicht", widersprach Ellen ihrem Bruder und packte das Geschenk aus. Es waren nagelneue Joggingschuhe, ein Paar Shorts und ein T-Shirt mit der Startnummer neun auf der Vorder- und Rückseite.

Begeistert hielt sich Ellen das T-Shirt an die Brust, hängte sich die Shorts über den linken Arm und zog sich die Joggingschuhe an.

„Na, gefallen dir die Sachen?" fragte Richard.

„Und wie! Vor allem die Neun!" sagte Ellen.

„Jetzt hast du eine Reservekleidung", meinte Richard. „Wenn du mal eine verlierst, dann macht das nichts."

„Ja, das stimmt", erwiderte Ellen. Sie tanzte ausgelassen herum, klatschte in die Hände und hätte am liebsten einen Purzelbaum geschlagen.

Dann gingen sie gemeinsam zum Parkplatz.

„Komisch", wunderte sich Richard, „ich hätte wetten können, daß ich soeben einen Jungen auf einem Besen über den Sportplatz fliegen sah, und der Junge winkte uns zu."

„Wirklich?" fragte Ellen.

Dann stiegen sie in das Auto und fuhren nach Hause.

Übersetzung aus dem Englischen von Renate Navé, München
Originaltitel: CHIMNEY WITCH – CHASE

Originalverlag: Orchard Books, London
Umschlaggestaltung unter Verwendung der Illustration
des Originaltitelbildes: Claudia Böhmer, München
Lektorat: René Rilz
Herstellung: Brigitte Matschl
Satz/Druck: Presse-Druck Augsburg
ISBN 3 505 09942–2

VICTORIA WHITEHEAD

Die Kaminhexe

Keiner will Ellen glauben, daß eine Hexe im Kamin ihres Zimmers haust.

Doch wenn alles schläft, kann sie deutlich hören, wie sich die Hexe mit ihrem Sohn Rufus in die Hexenhaare kriegt, daß der Kaminsims nur so wackelt.

Eines Nachts ist alles wie verhext, denn die Hexenmutter bleibt im Schornstein stecken. Und als auch Zauberworte nicht mehr helfen, bittet Rufus Ellen um Hilfe. . .

Schneider-Buch

PETER MATTHEUS

Minnewitt macht nicht mehr mit

„Nach Au . . . Au . . . Australien???“ Michel Minnewitt bleibt vor Schreck der Mund offen stehen. Sein Vater will nach Australien gehen, und er soll ins Internat! Und dort bei dem strengen Direktor, der Hände hat wie Ruderschaufeln, gefällt es ihm überhaupt nicht. Da helfen auch die vielen Streiche nicht, die Michel sich ausdenkt. Am liebsten würde er ausreißen. Ausreißen bis ans Ende der Welt . . .

Das Besondere dieses Buches:
Mit dem „Minnewitt“ wird ein sehr beliebtes Kinderbuch – inzwischen fast ein Klassiker – wieder neu aufgelegt. Die lustigen Streiche und Abenteuer des zehnjährigen Michel Minnewitt und seines Feundes Knisterbusch begeistern einfach jeden.

Schneider-Buch